青藍の秘め恋
陰陽学園の男装令嬢、ライバル御曹司の番になる

久生夕貴

富士見L文庫

JN229905

目次

contents

seiran no himekoi

登場人物

characters

seiran no himekoi

広瀬満月／名月

《ひろせみつき／なつき》

青藍学園二年生。
一家再興のため、兄・名月の名を借り、
陽師育成の最高峰である男子校・
青藍学園に男装して通う。

東条伊織

《とうじょういおり》

青藍学園二年生。
学年首席にして大財閥・東条家の御曹司。
学生同士《つがい》のパートナー制により
満月の番となる。

越谷燐

《こしがやりん》

青藍学園に通う満月の幼馴染。
満月の秘密を知っている、学園生活の協力者。

仙遊寺紀美彦

《せんゆうじきみひこ》

満月のクラスメイト。優秀な陰陽師を
排出してきた仙遊寺一族の子息。海里の番。

佐久間海里

《さくまかいり》

満月のクラスメイト。
仙遊寺家の執事。紀美彦の番。

三船柳星

《みふねりゅうせい》

満月のクラスメイト。燕星とは双子にして番。

三船燕星

《みふねえんせい》

満月のクラスメイト。柳星とは双子にして番。

広瀬名月《ひろせなつき》は、女だ。

そう理解した瞬間、東条伊織《とうじょういおり》の内心はかつてないほどに動揺した。

もしかして自分だけが勘違いしていたのかと考え、即座に否定する。伊織たちが通う帝都青藍学園《ていとせいらん》は、男子のみが入学を許された学び舎《まなや》だ。つまり同期生の誰もが名月を男だと認識しているし、本人もそう振る舞っている。

まぶたを閉じた名月の顔が、急に艶を帯びたような気がして、伊織は直視できなかった。ルームメイトの寝顔など、これまで何度も見ているはずなのに。

こんなことになったのは不慮の事故だったと、言わざるを得ない。

名月が倒れたのは、実習中のアクシデントだった。陰陽術《おんみょうじゅつ》の実戦を教えるこの学校では、珍しいことじゃない。

意識の無い相棒を連れて帰り、ベッドに寝かせたまではよかった。夜中にうなされる声を聞き、介抱していたところで、突然名月がしがみついてきたのだ。

一瞬驚いたものの、どうやらこいつは寝ぼけているらしい。そう理解した伊織は苦笑しながら引き離そうとしたとき、気づいてしまった。

自身に押し付けられた名月の胸元の、不自然な柔らかさに。

（越谷《こしがや》が隠したがっていたのは、このことだったのか……）

事故のあと、名月の幼馴染《おさななじみ》である彼があれほど校医に診せたがらなかった理由を、伊織は唐突に理解した。

抱え上げたとき想像以上に軽かった身体《からだ》は、伊織の懐にすっぽりと収まっている。一度そうだと思うと、すべてが触れてはいけないものに見えてしまい、身動きが取れない。

小さな呻《うめ》きが聞こえ、背中に回された彼女の腕に力がこめられた。名月の体温が薄いシャツを通して伝わり、頭がくらくらする。

「広瀬、悪いが離れて」

「——お兄ちゃん」

名月の口から洩《も》れた言葉に、息を呑《の》んだ。瘴気《しょうき》にうなされた影響で、どうやら伊織のことを別人と勘違いしているらしい。

（……広瀬には兄がいたのか）

そんな話は初耳だが、そういえば番《つがい》になってからもプライベートの話をあまり聞いたことがないと気づく。伊織の胸に顔を押し付けていた名月が、かすれるような声で呟《つぶや》いた。

「お兄ちゃん、置いて行かないで」

せつなげな響きが、胸の奥をざわつかせる。一体兄との間に何があったのか。そもそも、彼女がこの学校にいるのは——

何故《なぜ》と口にしかけ、伊織は堪《こら》えるように呑み込んだ。

今名月を問いただしたところで、何になると言うのだ。

彼女には男と偽ってまで学園に入学しなければならないほど、深い事情がある。そんなことは聞かなくても明白で、安易に他人が踏み入っていいはずもなく。

つまりこれは——決して明かしてはならない〝秘密〟なのだ。

「……大丈夫だ。どこにもいかないから安心しろ」

そう声をかけ、そっと名月の頭を撫《な》でてやると、彼女は伊織に抱きついたまま安らかな寝息を立て始めた。ほっと胸を撫でおろし、そのまま同じベッドで横になったものの。

(これは眠れそうにないな)

想像もしていなかった事実に、理解と感情が追いつかない。

傍らで眠る名月を意識から追い出そうとしても、伝わる体温がそうさせてくれない。

訳の分からない情動と、速くなり続ける鼓動で、どうにかなってしまいそうだった。

一　青藍学園の男装令嬢

東洋の島国、朱鷺和帝国《ときわていこく》。

遥《はる》か古《いにしえ》より、この地では妖魔と呼ばれる存在と人間が、主導権をめぐり争いを続けてきた。

千年前に時の陰陽師たちの死闘により、人類の勝利でいったんの決着がついたものの。

この世界から妖《あやかし》なる存在が消えることはなく、現代になっても人間社会にたびたび姿を現しては、脅威を及ぼしている。

だからいつの時代も妖魔と渡り合う力を持つ陰陽師は重宝され、いまや国家防衛の要として絶対的な存在となった。

そして才ある若者を集め、優れた陰陽師を育てる教育機関もまた欠かせない存在であることは、この国に住む者なら誰でも知っている。

帝都青藍学園《ていとせいらん》。

未来の国家陰陽師を育てる士官学校として、長い歴史を持つ名門だ。

数々の陰陽寮エリートを輩出してきたこの学園に入学できるのは、高い霊力が認められた男子のみ。学園生には華族や富裕層の子息が多いものの、実力さえあれば庶民でも入学が許される実力主義の学び舎だ。

私——広瀬満月《ひろせみつき》は一年前の春、この学園に入学した。

そのひと月前に失踪した兄・名月《なつき》に代わり、広瀬名月本人として。

○

青藍学園で見る二度目の桜が、少し散り始めた頃。

「また東条《とうじょう》に負けた……」

貼りだされた休暇明けテストの順位を見て、私はがっくりと肩を落とした。

今回こそは首席を取れると思っていたのに、『一』の位置には、忌々しい『東条伊織《いおり》』の名が記されている。

「名月君だって今回も次席なんだから十分凄《すご》いよ。僕なんて二桁がやっとだし」

幼馴染の越谷燐《こしがやりん》が気づかうように声をかけてきた。長いまつげに、陶器のような肌。女の子と見まがうくらい可愛《かわい》い外見だけれど、れっきとした男の子だ。

「燐……そのなぐさめはむしろ刺さるから」

「ご、ごめん」

「いいよ。万年次席は本当のことだし」

苦笑いする私の後ろを通り過ぎる、大きな影。思わず振り向くと、こちらを見下ろす視線と目が合った。

引き締まった長身に、悔しいくらいに整った顔立ち。学園の制服である、軍服に準じた紺青の詰め襟服が、嫌と言うほど似合っている。

「おめでとう東条。さすがだね」

「ああ。広瀬は今回も次席か」

「うっ……相変わらず嫌味だな」

「別に嫌味なんて言ってない。事実を言ったまでだ」

「ぐぬぬ！　次こそは僕が勝つからな！」

すっかり板についてきた男言葉で言い返すと、伊織は「楽しみにしておく」と微《かす》かに笑んで去っていく。あの澄ました態度が、また腹立つのだ。

「今回もあの二人がツートップか」

「東条はともかく、広瀬は凄いよな。一年のころは、とんだ暴れリスだったのに」

そんな声があちこちで聞こえるなか、私は素知らぬふりをして人波を抜けていく。

暴れ馬ならぬ、暴れリス……入学早々に付けられた、私のあだ名だ。最初の実習で霊力をうまく制御できず、校庭にあった偉い人の像を吹っ飛ばしたせいだ。

馬じゃなくてリスなのは見た目の問題で……確かに皆より背は低いけど、女子としては平均くらいだから、内心納得はしていない。

燐と食堂に向かった私は、お気に入りの柚子《ゆず》うどんをすすりながらボヤキを漏らした。

「あーもう。東条ってなんであんなに嫌味なんだか」

いまだ収まらぬ腹の虫にムカムカしていると、燐がでもさあ、と小首をかしげる。

「東条君って、名月君にだけ笑いかけるよね」

「え？　そんなまさか」

あり得ないと笑うと、幼馴染ははっきりとかぶりを振った。

「だって名月君と話すとき以外で、東条君の笑った顔見たことないもの」

「あれは笑ってるんじゃなくて、嘲笑だって」

さっきのやりとりを思い出し、私ははあとため息を漏らした。

この学園に入ると決めたときから、同期生のなかで最も優秀な生徒が選ばれる『特業生』を目指してきた。

特業生になれば報奨金が支給されるし、卒業後は陰陽寮幹部《エリート》への道も約束される。この国における陰陽寮の存在は大きく、幹部ともなれば絶大な力を得られるからこそ、没落寸前に追い込まれている実家――広瀬家を再興に導くはず。

しがない田舎の令嬢だった私が、周囲を欺き、男のふりをしてまで青藍学園に来た理由だ。

とはいえこの一年の道のりは、簡単じゃなかった。陰陽術の教育を受けてきた兄とは違い、素人同然だった私の成績は入学当初、散々なものだった。だから毎日毎日、寝る間も惜しんで勉強し、血がにじむほどの訓練を重ね、成績上位クラスにも入れた。順位だってもう少しで首席に手が届くところまで来たんだけれど……。

そのあと一歩をいつも阻むのが、東条伊織なのだ。

三大財閥である東条家の御曹司で容姿端麗、成績優秀。おまけに性格も冷静で実直ときたら、非の打ちどころがない。

そんな伊織を遠巻きにする同期生は多い。実際入学したときから伊織の存在は圧倒的で、特業生という目標さえなければ、私だって近寄ることなんかなかっただろう。

この一年、実技も座学もことごとく彼に負かされるのが悔しくて、もはや伊織に勝つことが目標かのように挑み続けている。

今のところ一度もそこに到達できないまま、進級してしまったんだけど……。

「そういえばこのあといよいよ、陽月番《ようげつのつがい》が発表されるね」

燐の言葉に、私ははっと我に返った。そうだ、テストの成績に一喜一憂している場合じゃない。

二年生になった私たちにとって、今後の学園生活の命運が決まると言っていい日。

青藍学園は二年生からパートナー制となっていて、陽月番と呼ばれるペアを組み、以降は成績も二人一組で評価される決まりだ。

なぜそんな制度になっているのかというと、陰陽は二元論であり、実戦的にもペアであることが最も効率的だから……とかなんとか。成績も二人一組ってことを考えると、互いにサボらないよう監視させる意味もあるんだろう。

つまり今後私が首席を取るためには番の相手が何より重要で――

「なんか緊張してきた……ああもう相手が燐だったらいいのに」

「僕もそうだったら嬉《うれ》しいけど……霊力の相性で選ばれるみたいだし、全然予想がつかないよね」

番は陽の気を持つ者と月《げつ》の気を持つ者の中から、最も相性のいいペアが選ばれるのだそうだ。要するに性格の相性はまったく考慮されないわけで、運悪くソリの合わない相手だと苦労が絶えないし、好成績だって望めない。

反対にうまくいった番は互いの能力を高め合い、その絆《きずな》は家族よりも強く、生涯同じ相手と組むことも珍しくないんだとか。

私だってできればそういう相手と番になりたい……それはもう、切実に。

昼食を食べ終えた私たちは、陽月番の発表が行われる講堂へ向かった。

既に多くの同期生たちが集まった講堂内は、そわそわした空気と緊張感で異様な熱気がこもっている。

「なんかすごい雰囲気だね……」

燐の言葉に私はちいさく頷《うなず》き、前方に移動しながらそれとなく周囲を観察していた。

──一体誰が、自分の相手なのか。

緊張を紛らわすかのように談笑しあう生徒。無言のままそれとなく視線を交えたり、あえて誰とも視線を合わせず俯《うつむ》いていたりする生徒。

その中で、じっと前を見据える伊織の横顔が目に入った。凛々《りり》しく整った表情から感情は読み取れず、何を考えているのか分からない。

(そういや、東条の相手は誰になるんだろう)

ただでさえ目立つ彼の番となれば嫌でも注目されるし、何かにつけて比べられるんだろう。実力、身分、財力……そのすべてが、彼の相棒に相応《ふさわ》しいかどうか。

〝東条伊織の番だけは御免だ〟

そう囁《ささや》く同期生の声を幾度となく聞いてきたし、その気持ちも分からなくはないけれど。

当の本人はどう思っているんだろう……なんて考えていたところで、視線を動かした伊織と目が合った。

どきりとしたものの無視するのもおかしいと思い、適当に話しかける。

「や、やあ東条。番の発表って緊張するね」

「緊張？　別にそんなことはないが」

「え……でも番の相手次第で首席でいられなくなるかもとか考えないの？」

それを聞いた伊織は一瞬考えてから、あっさりと返した。

「相手が誰だろうとやることは変わらないしな」

あまりに伊織らしい返答に、感心を通り越して笑ってしまう。番の相手を心配しているようでは、自分もまだまだということだろう。

「東条の言う通りだ。おかげで僕も落ち着いたよ」

どんなときでも余裕で不動。それでこそ、挑み甲斐《がい》のあるライバルというもので。

その時、主任教官である日下《くさか》先生が壇上に姿を現した。一瞬で静まり返った生徒たちは、姿勢を正し言葉を待つ。

「これより、陽月番の発表に入る。既に知っているとは思うが、番は霊力の相性によって決められ、卒業まで原則変更は認められない。諸君にとって番う《つが》相手は命を預け合い、互いを高め合う唯一無二の存在だ。そのことを肝に銘じておくように」

日下先生の訓示に生徒たちが威勢よく返事する。発表は先生の口からひと番《ペア》ずつ、陽と月、それぞれの生徒の氏名を読み上げていくそうだ。

始まった番の発表に、歓喜の声が上がったり、どよめきが起きたり。意中の相手と番ったペアは、目に涙を浮かべて喜んでいる。

いつ自分が呼ばれるのか、いまかいまかと待っている私の耳に届く名前。

「陽、東条伊織」

先生の口からその名前が出た瞬間、講堂内の空気がぴりりと張った。

不動の首席の相手は誰なのか、自分を含め誰もが耳を澄ましている。

「月、広瀬名月」

おおという感嘆と共に、すべての視線がこちらを向いた。

「名月君、呼ばれたよ!」

燐の声かけに、私はぼんやりと視線を彷徨《さまよ》わせた。こちらを見つめている伊織に気づき、ようやく自分が彼の番であると理解した瞬間、思わず声をあげていた。

「嘘《うそ》だろ？」

○

人間、あまりに予想外のことが起きると、思考が停止してしまうものらしい。

「なんでよりにもよって東条なんだ……」

頭を抱える私に、同期生たちが次々に声をかけてくる。

「広瀬、おめでとう！　首席と次席のペアなんて最強じゃん」

「東条の相手ができるのはお前くらいだ。頑張れよ」

そう言って肩を叩《たた》きながら去っていく友人たちを、恨めしそうに見送る。彼らの笑顔の奥には私への励ましに加えて、「自分じゃなくてよかった」という本音が透けて見えていて。

「名月君、お待たせ」

自身のパートナーと挨拶を済ませた燐が、息をはずませながら戻ってきた。彼の相手は明朗快活なスポーツマンタイプで、話も盛り上がっていたようだ。

「あれ、東条君は？　まだ挨拶してないの？」

「周りが騒がしくてそれどころじゃなくて」

気がついたら伊織の姿も講堂から消えていたと伝えると、燐はそうなんだと苦笑する。

「まあここだとみんなに注目されちゃうもんね。東条君も気を遣ったのかも」

沈黙したままの私を見て、察したのだろう。燐は困ったようにこちらを窺《うかが》う。

「東条君がそんなに嫌？」

「あ、いやそういうわけじゃ……ちょっと気持ちの整理ができないっていうか」

この一年、伊織に勝つことを目標に努力してきた。そんな私の熱意は急に行き場を失くして、宙に浮いてしまっている。

なにより東条伊織という男は、いつも他人なんて必要としてないような空気を纏《まと》っていて、そんな相手とパートナーを組むというのが、どうしてもイメージできないのだ。

「僕はさ、名月君の相手が東条君でよかったと思ってるよ」

思わず顔を上げると、私と同じくらいの背丈の燐は、そっと顔を寄せ耳元で囁いた。

「だってあれだけ努力している満月ちゃんの相手にふさわしいのは、東条君くらいだもん」

「燐……」

「本当は僕がなれたらよかったけど……東条君ならいいやって思えた。彼ならきっと、満月ちゃんの望みを叶《かな》えてくれる」

そう言って彼はにこっと微笑《ほほえ》んだ。数々の同期生の情緒を壊しにかかっている『禁断の微笑』は、女の私が見てもつい見とれてしまう。

幼《おさな》稚園からずっと一緒で、この学園内で唯一、私の入学の事情も経緯も知っている幼馴染《なじみ》。彼の協力があったからこそ、綱渡りのような学園生活をなんとかやってこられたと思っている。

「それよりも満月ちゃん、これからは気をつけないとね。もう僕と同室じゃなくなるんだから」

燐のひと言で一気に現実に引き戻された私は、そうだったと青ざめる。

番となったペアは課題や実習で行動を共にするのはもちろん、寮の部屋も同室になる決まりだ。今までは燐と一緒だったから、授業が終わってしまえば気楽なものだったけれど……。

（絶対に女だってことがバレないようにしなくちゃ）

もし私が広瀬名月じゃないとバレてしまったら、退学になるだけでなく、あの青藍学園を欺いた罪で広瀬家は完全に終わってしまうだろう。

一発逆転のチャンスには、相応のリスクを伴う。それも覚悟の上で、ここへ来ると決めたたのだから。

隙ひとつ見せない伊織相手に秘密を守り抜くには、細心の注意が必要なはずだ。

これからは四六時中気を張ってなくちゃいけない。そう思うとどうしても、憂鬱な気分になってしまう。

そもそも私がこれだけのリスクを負ってまで青藍に通うのは、家族のためだけれど……

半分は自分のためでもある。

私の実家である広瀬家は帝都郊外の端にあり、一応爵位はあるもののほとんど名ばかりと言っていい末端華族だ。家族は愛情深い両親と、賢くて優しい兄。帝都の華やかさとは程遠い暮らしだったけれど、家族仲は良かったし何の問題もなかった。

人の良い両親が、騙《だま》されるまでは。

他人の借金を肩代わりする形で大きな負債を背負ってしまった広瀬家は、このままいけば爵位を失うだけでなく、家も土地も失い家族がバラバラになってしまうところまで追い詰められた。そんなとき、兄の名月に名門青藍学園の入学が決まったのだ。

私たちは大いに喜んだ。青藍学園は士官学校として国から学費及び生活費のすべてが支給されるため、お金に困ることもない。

特業生ともなれば、陰陽寮《おんみょうりょう》エリートを輩出した広瀬家の名誉はうなぎ上りに回復する、まさに起死回生の機会だった。

小さい頃から優秀で、何でもできるお兄ちゃんなら大丈夫。

そう安心したのもつかの間……入学ひと月前になって突然、兄がいなくなった。

私たち家族は一体何が起きたのか分からず、ただただ手を尽くして捜したけれど、見つかることはなかった。

心労で日に日にやつれる両親を、私は見ていられなかった。だからあの日、ふたりに向かって宣言したのだ。


「私がお兄ちゃんの代わりに、入学する」


私は兄のように陰陽術の教育は受けていなかったけれど、それなりの霊力があることは分かっていた。兄の同級生で青藍に合格した人はいなかったし、男性としては小柄な彼に雰囲気を似せれば、背格好はごまかせるだろうと踏んだ。

うまく学園に入りさえすれば、努力次第できっと良い成績を修められる。だから私を兄に代わって入学させてほしいと、両親に告げた。

当然と言うべきか、両親は何を言うのだと大反対した。いくら高い霊力を持っていたとしても、令嬢として育てたあなたに妖魔と戦うなどさせられない。

そもそも青藍学園に入ってくるのは幼少期から陰陽術の訓練を受けて来たエリートばかりなのだから、満月がいくら頑張ったところで名月の代わりになれるはずがないと。

けれど私は、頑として譲らなかった。

このままいけば確実に広瀬家は潰《つい》えてしまう。私にとって今の家族はすべてで、これ以上バラバラになるのだけは耐えられなかった。

いつか戻ってくる兄のためにも、家族を守るチャンスを与えてほしい。

そう訴え続け、それでも首を縦に振ろうとしなかった両親を何日もかけて説得し、認めてくれないなら私も家出するとまで言い切って、ほとんど無理やり身代わり入学を決めたのが入学式の一週間前。

当然まともに準備する時間なんて無かったし、事情が事情だけに相談できる相手もほとんどいなかった。中学時代の親友にも大反対されていたから、家族以外の協力者は既に青藍学園への入学が決まっていた燐くらいのもので。

こんな状態で本当にやっていけるのか、不安が無かったわけじゃない。それでも青藍に来て一年、苦労しながらもなんとかここまで乗り切ってきたし、今のところ同期生はもちろん、先生たちにも私が女だとはバレていない。

学園内に燐以外の協力者を増やせないか、考えたこともあるけれど……秘密が漏れるリスクを考えると迂闊《うかつ》に相談なんてできないし、今後も誰かに話すつもりはない。

それくらい危ない橋を渡っているってことは、私自身が一番よくわかっているから。

「名月君、そろそろ戻ろうか。寮の引っ越しの説明があるみたいだし」

回想にふけっていた私は、燐の言葉で我に返った。

「あ、そうだね……っていけない。日下先生に呼ばれてたの忘れてた。悪いけど燐、先に行ってて」

彼と別れた私は、講堂から職員室のある校舎へ向かった。

渡り廊下から見える中庭で、桜がひらひらと花びらを舞わせていて、思わず足を止める。

学園創立時からある大樹は、中庭を覆いつくすほどの枝いっぱいに薄紅色の花をつけていて――

（そういえばここで、男として生きていく覚悟を決めたんだった）

入学式の後あまりに見事な桜に見とれ、しばらく見上げていたらいつの間にか涙が頬を伝っていた。

今日からは広瀬名月として、満月だった頃の痕跡は消して生きなければならない。分かっていても、それはやっぱり切ないものだった。

だからあの桜の下で少しだけ泣いて、改めて腹をくくり別れたのだ。能天気で、お兄ちゃんっ子で、泣き虫だった満月と。

そんな一年前のことを思い出し、少し感傷的になった私は無意識に中庭へ歩み出ていた。

桜の方に向かっていると、反対側から見覚えのある人影が歩いてくるのに気づく。

「……東条？」

こちらに気づいた彼と私は、ちょうど桜の下で出会う形となる。頭一つ分以上高い伊織を見あげていると、なんだか桜の中にいるみたいで。

「ああ広瀬か」

「お前と番《つがい》になるとはな」

ふ、と微笑を漏らす顔は相変わらず整っていて、隙のひとつもない。

私は何を言えばいいかわからず、口ごもった。素直によろしくと言えない自分に呆《あき》れつつ、彼の番だと認めてしまえば目指す標《しるべ》を取り上げられてしまうような気がしたのだ。

「あ……のさ。東条は嫌じゃないのか？」

「嫌？　何がだ」

「番の相手が僕だってことがだよ」

それを聞いた東条は心底不思議そうに「なぜそんなことを聞く？」と尋ね返す。

「僕は東条を超えるためにこの一年やってきたんだ。それなのに急に番だって言われても、気持ちの整理がつかないっていうか」

「……なんだそんなことか」

視線を上げた先で、伊織はお前らしいなと、どこかおかしそうに瞳を細めた。

「言っただろう？　番の相手が誰であれ、俺のやることは変わらない」

「……そうだったね。東条にとっては番の相手が誰かなんて、些末《さまつ》なことだった」

自分だけがちっぽけなことにこだわって、ぐずぐずしている。そして伊織の方は私をライバルとすら認識していなかったんだと思うと、悔しいというより寂しい気持ちが湧いてくる。

「まああ事あるごとに広瀬に突っかかられていたのが無くなると思うと、物足りなくはあるけどな」

「えっ本当?」

ぱっと顔を上げた私を見て、伊織は苦笑しながらうなずいた。

「本当にしつこかったからな、お前は」

「だ……だって、そうでもしないと相手にしてくれなかっただろ?『鍛錬の相手は間に合ってる』とか言って」

「そうだな。最初の頃は正直迷惑だと思っていた」

「……今は?」

伊織はそれには答えず、こちらに手を伸ばしてきた。反射的に身をすくめると、私の頭に触れた彼の指先には桜の花びら。

「ついてたぞ」

「あ、ありがとう……」

伊織はちいさく頷《うなず》いてから、こちらに向き直った。

「これだけは言っておく。広瀬がどう思おうと、俺は番であるお前にすべてを懸けるつもりだ」

思わず見つめた先で、彼の表情が真剣な色を帯びていた。意志の強そうな瞳がこちらをまっすぐに捉えていて、思わずどきりとする。

「これからよろしく」

「あ……こちらこそ。よろしく」

初めて交わした握手はぎこちなかったけれど、伊織の手は想像以上に大きくて、力強かった。

二　陽月の課題

陽月番《ようげつのつがい》の発表が行われ、寮の引っ越しを終えて一週間。

私は度重なる危機に、だいぶ疲れていた。

青藍《せいらん》学園の学生寮は二人一室で、各部屋にバストイレつき。各々のベッド周りはカーテンで仕切りができるようになっているものの、それ以外の部分はオープンなつくりとなっている。

燐《りん》と同室のときは着替えをカーテン内で行い、入浴するときは燐が自主的に洗面所が見えない位置に移動してくれていた（洗面所の入り口に扉はなく、ここもカーテンで仕切られている）。

けれど伊織《いおり》にそれをしてもらう訳にもいかず、あえて彼が部屋にいないときを見計らって風呂に入ったりしていたんだけれど……。

さすがにそれも限界だし、なにより不審がられてしまうだろう。

どうしたものかと頭を悩ませながら着替えていると、突然カーテンが揺れて伊織の顔がのぞいた。

「広瀬《ひろせ》、ちょっといいか」

「うわあああああ今着替えてるから!!　ちょっと待ってて!!」

　私のあまりの剣幕に伊織はぎょっとした様子で、「悪い」と出ていく。シャツを羽織っていたから、さらしブラ——着物を着るときに着ける胸を平らにするための下着——は見られなかったと思うけど……心臓が止まるかと思った。

　着替え終わった私が出ていくと、自習用の机の前に腰かけた伊織はプリントの束に視線を落としていた。覗《のぞ》き込んだ私は、それが近々行われる『陽月の課題：壱』について書かれたものだと気づく。

「お待たせ。課題の件？」

　伊織はああと言ってから、こちらを見やる。

「そろそろ打ち合わせておこうと思ってな」

「だね。番になって初めてのミッションだし」

　陽月の課題とは番になったペアに与えられる実技テストのようなもので、座学などの個人成績に加え、今後は課題の出来が総合成績に大きく影響してくる。特業生を目指すなら課題で高順位を取るのは必須で、もちろん私たちは首席を狙っていた。

　実施要項を改めて確認しながら、伊織を窺《うかが》う。

「課題の内容って、当日まで分からないんだよね……適当にヤマを張って練習しておく？」

「いや、それは必要無い」

「そっか……じゃあお互いの能力を確認しとくとか」

「それも不要だな」

にべもなく却下され、ちょっとムッとする。

「でもせめてお互いの得意分野とかさ。ちゃんと知っておいたほうがいいと思うんだけど」

「広瀬の得手不得手は知っているし、番となった以上、パートナーの情報くらい自分で取得しておくのが当然だと思っていたが違うのか？」

伊織の呆れたような物言いに、私はプリントを机に叩《たた》きつけると、つい言い返してしまった。

「ああそうだね。東条《とうじょう》に苦手なものなんて無いのはよく分かってるよ」

「……俺にも不得手くらいあるが」

「僕の足をひっぱるような不得手なんてないだろ？　こっちが一方的に引っ張って悪かったよ」

それを聞いた伊織は、やれやれとため息を漏らした。

「お前と喧嘩《けんか》をするつもりはない」

「っ……僕だって意見を聞こうともしない東条とこれ以上話すつもりなんて無い」

黙り込む彼の視線から逃げるように、部屋の出口へ向かった。

「どこへいく？　話はまだ終わってない」

「自主練！　僕のせいで成績が落ちたって言われるのはごめんだから」

武道場へ向かいながら、自己嫌悪と苛立《いらだ》ちがぐるぐると渦を巻いていくのを感じた。

（あんな言い方しなくたって……）

これからは二人で協力して、首席を目指そう。そう思うからこそ提案したのに、話も聞かず否定されたことがショックだった。

伊織の得手不得手くらい、私だって分かっている。毎日毎日、彼を超えるために観察してきたんだから。

それでも本人の口から聞いておきたかったし、私のこともちゃんと知って欲しかった。ただそれだけなのに。

「そもそも意見を聞く気がないなら、打ち合わせなんて意味ないだろ！」

力任せに木刀を振りあげる私を、同期生たちが驚きながら見やる。

やっぱり伊織にとって、番の相手など足を引っ張るだけの存在なんだろう。そう思うと悔しくて情けなくて、私は闇雲に素振りを続けるのだった。

結局練習にも身が入らず、伊織ともぎくしゃくしたまま『壱の課題』当日を迎えてしまった。

私たち新米番へ課せられたのは、『互いに協力し合い、効率的に低級妖魔を倒すこと』。

この国で人が住むエリアには強い結界が張られているから、基本的に妖魔は入ってこられないようになっている。とはいえ上級妖魔に対する結界は大がかりで、どうしても小さな綻びが生まれてしまうそうだ。そこから入ってくる弱い妖魔の中には無害なものもいるけれど、人に害をなすとなれば排除せざるを得ない。

青藍学園の生徒には、そういった依頼が回ってくることも多い。今回の課題も陰陽寮《おんみょうりょう》から降りてきた任務の一環だそうだ。

「君たちに対応してもらう妖魔は鬼イナゴ。一体だけなら、入学したての生徒でも問題なく倒せるだろう。ただし今回は数が多い」

主任教官である日下《くさか》先生の説明によると、鬼イナゴはその名の通りイナゴに似た（と言っても三倍くらいの大きさはある）妖魔で、一体だけならそれほど害はないんだけど、群れを成すと農家の畑を数秒で食べつくしてしまうんだとか。

課題の進行やルールについてひと通り説明し、先生は全員を見渡して締めくくった。

「低級妖魔だからといって舐《な》めてかかると痛い目見るぞ。効率よく倒すには、番ごとに工夫が必要になるだろう。各位、健闘を祈る」

話を聞き終わった同期生たちは、みな一斉に動き始めた。それぞれ番の相手と話し合ったり、思索にふけったり……開始までの時間が無いなか、最善を尽くそうという熱気が伝わってくる。

私は傍らで沈黙している伊織を盗み見た。

彼の表情は静かで、初めての課題に対する緊張や気負いといったものはほとんど感じられない。相変わらずの落ち着きっぷりだ。

(私もしっかりしなくちゃ)

ここで結果を出さなければ、ますます伊織に「おまけ程度」だと思われてしまうだろう。彼が番を必要としていなくても、せめて役に立つ存在だと認められたい。半ば意地にも似た思いを胸に私は霊具の準備に取りかかる。

ちなみに陰陽術を扱う者は、退魔術、結界術、使役術、浄化術、幻術の中で得意な傾向が存在する。一年生の頃は横並びでどの術も学ぶけれど、学年が上がっていくうちに、大抵の生徒がそれぞれの得意分野を極めていく流れだ。

暴れリスなんて呼ばれている私は分かりやすく退魔術に特化していて、相性の悪い浄化術はからきし。伊織は何でもできる万能型だけど……一番得意なのは使役術のはずだ。

今回の課題は実戦とはいえ、妖魔をただ倒せばいいわけじゃない。先生も言っていた通り、番ごとに各自の得意分野をどれだけ活《い》かせるかが、評価に大きく影響するんだろう。

開始直前、準備を終えた私が集合場所に向かっていると、伊織が声をかけてきた。

「広瀬。鬼イナゴには炎射の連発が有効だと思うができるか」

「もちろん。最大射程範囲でやるつもりだよ」

「そうか。なら俺はお前をサポートするよ」

予想外の申し出に、思わず首を振る。

「そんなのいいよ。東条はなんでもできるんだから、やりたいようにやればいい」

私のサポートなんかやって伊織の力が発揮できなかったら、目も当てられない。

「俺はお前ほど攻撃範囲が広くない。サポートに回った方が効率がいいはずだ」

譲る気が無い様子に、私はそれ以上何か言うのを止《や》めた。きっと彼の中では既に作戦が決まっているんだろう。

「それと俺の動きについてだが」

「任せるよ。もう始まるし行こう」

彼がどう動くのか、知っておきたい気持ちはあった。でも聞いたところで私の意見が求められているわけでもないし、何もかも一方的に決められることがどうにも引っ掛かって、話を続ける気になれない。

伊織は一瞬沈黙してから、「わかった」とだけ言った。胸がちくりとしたけれど、今はとにかく自分にできることをやるしかない。そう言い聞かせ、作戦開始の合図を待つ。

「全員はじめ！」

　先生の号令がかかり、生徒たちはそれぞれの対応エリアに向かった。妖魔の群れを前にした私は構えた霊刀に霊力を込め、鞘《さや》から抜くと同時に炎波を放つ。

「まとめて焼き払う！」

　轟音《ごうおん》と共に、鬼イナゴが次々に炎に巻かれていった。手加減無しの最大範囲で撃ち込んだだけあって半分以上が姿を消し、周囲でどよめきがあがる。

　予定通りの展開に、これならいける——と思ったのもつかの間。難を逃れた個体が、次々にこちらへ飛び掛かって来た。

「うわっ」

「広瀬下がれ！」

　割って入った伊織が、鬼イナゴの襲来を阻止するための障壁結界を張った。けれど私の退避が一瞬遅れ、結構な数がすり抜けてしまう。

「いきなり前に出過ぎだ！」

「これくらい大丈夫だって。押し切れる！」

　私は体が小さいぶん、機動性には自信がある。飛び掛かってくるイナゴをかわしながら、攻撃態勢に移り……そこまではよかったんだけど。

あちこち飛び回る鬼イナゴに焦点を定められず、想像以上に攻撃に手間取ってしまった。そうしている間にも結界を齧《かじ》って突破した個体が増え、カオス状態になっていく。

「あーもう！　キリがない！」

必死に鬼イナゴを追いながら、私は後悔していた。

初手の段階で、伊織の結界を使って妖魔を囲い込んでおけばよかった。結界符を多く持っていた彼はそのつもりだったかもしれないけど、打ち合わせていなかったから何も分からない。結果、先手必勝とばかりに私が攻撃したせいで、残った個体を分散させてしまった。

その後二人で手あたり次第鬼イナゴを殲滅《せんめつ》し、なんとか課題を終えた。最後の方はそれなりに連携も取れ、伊織が結界で閉じ込めたところを私がまとめて燃やして、拍手を浴びたりもしたんだけど……

結論からいうと、私たちの成績は三席（三位）だった。

出だしと最後は悪く無かったものの全体的なチームワークに欠け、互いの能力を活かしきれなかったのが原因だ。

首席はおろか次席すら取れなかったショックで、私の頭は真っ白になっていた。呆然《ぼうぜん》と立ち尽くす傍らで、同期生たちが口々に言い合う。

「首席は三船《みふね》兄弟か。やっぱ双子だけあって霊力の相性は抜群だったな」

「まさか東条と広瀬が三席とはな……」

「次席の仙遊寺《せんゆうじ》家主従の連携は断トツだったし。いくら個々の成績が良くてもあれじゃあな」

個人成績より高い順位を修めた燐が、心配そうにこちらを窺った。

「大丈夫？　顔色悪いよ」

「あ……うん」

「まだ最初の課題だし、気にする必要ないよ。上位のペアは付き合いの長いところばかりだし」

燐の励ましに、唇を噛《か》む。

――情けない。

付き合いの短さを覆すほど、私たちにはアドバンテージがあったはずだ。

首席と次席というこれ以上ないポテンシャルを持っていたにもかかわらず、それを活かすどころか潰し合ってしまった。

意地を張らずちゃんと伊織の話を聞いていれば、防げたミスだったのに。恥ずかしさと悔しさに、握り締めた拳が震える。

「広瀬、怪我《けが》は無かったか」

声をかけてきた伊織の顔を見ることができず、私は「大丈夫」とだけ返すと逃げるように駆け出した。彼の顔にどんな表情が浮かんでいるのか、見る勇気がなかったから。

そのまま伊織とは、放課後まで言葉を交わしていない。

寮の部屋に戻ってからも気まずさのあまり、私はカーテンを引いたベッドに引きこもりひたすら自己嫌悪に陥っていた。

（ほんと私、なにやってんだろ）

伊織の一方的な言動に怒っていたくせに、結局自分だって彼と向き合えていなかった。話し合いを投げ出したのは私なのに、彼がひと言も責めなかったのが余計につらい。

（東条は呆《あき》れてるだろうな）

勝手に行動して勝手に失敗して、ふてくされて閉じこもっている番《パートナー》なんて、面倒以外何物でもない。

彼に謝らなければと思うのに、どんな顔をすればいいか分からず、うだうだしているうちにあっという間に時間が過ぎていく。

カーテンの向こう側では、時おり物音がするだけで伊織が今どういう心理状態でいるのかはわからない。いっそのこと分かりやすく苛立ってくれていたほうが、謝るきっかけが摑《つか》めるのに……。

窓の外が茜《あかね》色になり始めても、私はベッドに横たわったまま何もできず、ぼんやりと天井を見つめていた。

いい加減起きて明日の予習をしないと……でもその前に伊織と話をしなくちゃ……そんなことを考えていたとき、カーテン越しに私を呼ぶ声が聞こえた。

「開けるぞ」

慌てて返事をすると、顔をのぞかせた伊織が淡々と私に告げた。

「今から出る。ちょっとつき合ってくれ」

「え……」

伊織はそれ以上何も言わず、自分に付いてくるよう促した。仕方なく私は言われるまま、彼に付いて寮を出る。

外に出ると、ひんやりとした空気が頬を撫《な》でていった。西の空には陽《ひ》が沈みかけていて、頭上には一番星が瞬《またた》き始めている。

春の夜はまだまだ肌寒く、私は上着を羽織ってくればよかったとちょっと後悔していた。

(この方向は……裏山?)

青藍学園寮の北側は山になっていて、日常的に訓練に使われたりしている。それ以外で入ることは滅多にないんだけど、無言で前を歩く伊織は躊躇《ちゅうちょ》なく山道に足を踏み入れた。

そのまましばらく登ったと思ったら、今度はどんどん道なき道を進んでいく。

「東条、どこに行くつもり?」

「あと少しだ」

まさか今から二人で訓練をやるつもりなんだろうか。

そうは言ってもあと半刻《はんとき》もすれば陽が完全に落ちてしまうし、夜の山で迷ってしまったら洒落《しゃれ》にならない。

さすがに息が上がってきたし、今日は戻ろうと言いかけたとき、急に前を歩く伊織の背が止まった。

「ここだ」

振り返った彼の肩越しに見えた景色。

山の中腹の一部がぽっかりと開けていて、そこから一望できる空と街に、思わず声をあげていた。

「凄《すご》い、こんな見晴らしのいい場所があったんだ……！」

今にも陽が沈みそうな西の空は、鮮やかなオレンジ色が今日という日の終わりを惜しむように、鮮烈な光を放っていた。

そこから上はゆっくりと橙《だいだい》から群青に変化しながら、東の空にかけて藍色に染まっていく。

「綺麗《きれい》……」

空がこんなにも多彩な色をしていたことに、この瞬間まで気づいていなかった。

視線を少し下に落とすと、明かりのともり始めた街並みが穏やかな光に包まれていた。夜が始まろうとしている景色は綺麗でやさしくて、胸にせまる。

「考えごとをするとき、よくここに来ている」

隣に立つ伊織をみやると、夕陽に照らされた横顔がそこにあった。話によると、日頃から彼はひとりで山に入って訓練しているそうで、そのときにたまたま見つけたらしい。

「この場所を教えたのは広瀬だけだ」

「……どうして？」

「お前は俺の番《つがい》だからな」

こちらを向いた黒曜石のような瞳に、鼓動が跳ねる。こんなにも穏やかな目をしている伊織を見るのは初めてで、いたたまれなくなった私は俯《うつむ》くと、小さく息を吸い込んだ。

「この間はごめん！　子どもみたいに意地張って……。今日だってちゃんと東条の話聞いていれば、あんなことにならなかったのに」

「ああいや……俺の方こそ悪かった。もっと広瀬の言い分を聞くべきだった」

意外にもばつが悪そうにしている彼に、少し驚いてしまう。

「……あの時さ、ちょっと悔しかったんだよ。東条のことは結構知っているつもりだけど、もっと知りたいって思ってたのに。東条はそうじゃないんだって」

「いや違う」

即座に否定した声に顔を上げると、苦々しげな顔がそこにあった。珍しく困ったように視線を彷徨《さまよ》わせた伊織は、言いづらそうに口を開く。

「その、お前が俺の得手不得手を知らないのかと思って……ついあんな言い方をしてしまった」

「まさか。知らないわけないだろ？　この一年どれだけ東条のストーカーしてたと思ってるんだよ」

そう笑ってみせると、伊織は返す言葉もないと言ったふうにため息を漏らした。

「考えればわかることだった。大人げなかった」

「僕も言葉足らずだった。『東条の口から聞いておきたい』って言えばよかったのに」

互いに再び謝り、小さく笑い合った。胸の中にわだかまっていた感情が、すうっと霧散していくのを感じる。

山頂から吹き降りてきた風が、辺りの木をさわさわと揺らした。

ふたりして目下の景色を眺めていると、隣から呟くような声が聞こえてきた。

「俺は広瀬が番の相手で、よかったと思っているよ」

「えっ……どうして？」

振り向いた先で、伊織は視線を前方にとどめたまま。

「俺はこの通りの人間だからな。昔から周囲に遠巻きにされるのは慣れているし、たまに声をかけてくるのも東条家に取り入ろうとする奴ばかりだった。この学園でも変わらないと思っていたよ。……けどお前は違った」

最初は他の人間と同じように、自分に取り入ろうとしているのだと思った。けれど、どれだけそっけなく接しても声をかけてくる様子を見て、次第に「こいつは何も考えていないな」と確信したという。

「ちょっ……何も考えてないって！」

「悪い悪い。でも広瀬は俺の家柄なんて、まったく気にしていなかっただろ？」

「そりゃまあ……。僕にとっての東条は、超えなきゃならない嫌味な首席ってだけだし？」

わざと煽《あお》る言い方をしたのに、伊織は笑いながらうなずく。

「だからお前にだけは、絶対に負けられないと思ってたよ」

「えっ」

「一度でも負けたら、広瀬はもう俺に興味を無くすんじゃないかと思ったから」

予想もしていなかった告白に、私は立ち尽くしてしまった。

思えば伊織はいつも独りでいて、その姿を横目で見ながら私は燐や同期生たちとしょうもない話で笑い合ったりして。

そんな私たちを、彼はどんな気持ちで眺めていたんだろう。

いつも完璧で他人なんか必要としてないように見えていた伊織が、そんなことを考えていたなんて。なにも知らなかった自分が、恥ずかしくなってくる。

「……ごめん」

しおしおと萎《しお》れる私を見て、伊織が驚いたように瞠目《どうもく》した。

「なんで広瀬が謝る」

「東条のことずっと見てたのに。僕は自分のことばかりで、何も見えてなかったから」

そんなことかと、彼はかぶりを振る。

「この学園に来た以上、自分のことで精一杯になるのは当たり前だ。広瀬が気にすることじゃない」

「でも……」

「俺もお前も強い目的があって、ここにいる。違うか？」

伊織の目を見てはっきりと頷《うなず》いてみせると、凛々《りり》しく整った微笑が返って来た。

「僕は特業生になる。そのためにここへ来た」

「俺も東条家の後継者として、恥ずかしくない成績を残すつもりだ」

そう言って彼は、きっぱりと宣言した。

「陽月番の発表が行われたとき、『広瀬とならって思った。だから俺は俺の目標を叶《かな》えるし、お前の目標も叶えたい」

「僕も」

自分の目標は叶えるし、伊織の目標も叶えたい。

「東条とならそれができるって、信じるよ」

そう笑って告げると、彼はどこか嬉《うれ》しそうに頷いてみせたあと。

「広瀬は綺麗だな」

「……はっ⁉ 何言ってるんだよ、からかってるのか？」

突然何を言い出すのかとどぎまぎする私に、伊織は大まじめに言った。

「からかってなんかない。思ったままを言ったまでだ」

「いやでもさ……男に綺麗って普通、言わないだろ？」

そういうものなのかと小首を傾《かし》げる相手に、顔を熱くしながら「これだから浮世離れした御曹司は……」と内心で思う。

「お前のその真っすぐな目が、綺麗だと思ったんだが……」

「ああもうそれはわかったから！　そろそろ帰ろう。さすがに寒くなって……へくしゅん！」

くしゃみをした私を見て、「すまない。気づかなかった」と謝った伊織は、胸元のポケットから形代――鳥の形をした紙――を取り出した。呪《しゅ》を唱え空に放った刹那、形代は梟《ふくろう》の式神に変化する。

「帰りはこいつに案内してもらおう」

気がつけば辺りはすっかり暗くなっていて、月あかりだけが私たちを照らしていた。

前を歩く大きな背を追いながら、私は思う。

きっと、私たちの間にはまだまだ課題はあるんだろう。でも今日伊織と話したことで、確信できたことがある。

——番の相手が、東条伊織でよかった。

「東条」

「なんだ」

「ありがとう」

「ああ」

どこかで、夜を知らせる鐘の音が鳴る。

山藤の香りが、やわらかく辺りに立ちこめていた。

三　番の役目

壱の課題が終わってから三週間が経《た》ち。すっかり関係の良くなった私と伊織《いおり》は『弐の課題』へ向け準備を進めていた。

以前は各自でやっていた自主鍛錬も一緒に行い、意見を出し合うようにしている。そうすることで連携が取れるようになっただけでなく、個々の能力もアップしてきたように思う。

元々首席と次席のペアなのだ。互いに求めるものや目指すものが近く、切磋琢磨《せっさたくま》しながら高め合っていける感覚が心地よくて。

次第に私たちは訓練の時以外にも、一緒に過ごすことが増えて来た。それ自体は喜ばしいことなんだけど……そうなると、『バレない』ためのハードルが必然的に上がってくる。

「あ痛っ！」

実習中バランスを崩し派手に転んだ私に、燐《りん》と伊織が駆け寄ってきた。

「名月《なつき》君、大丈夫？」

「平気、平気。ちょっとお腹《なか》を打っただけだから」

「腹部の打撲を甘く見るな。痣《あざ》になってないか」

実習着をめくろうとした伊織に、私と燐が同時に叫ぶ。

「うわーーーーー!!」

「東条《とうじょう》君、待って待って！」

勢いよく後ずさった私を見て、伊織は驚いたように目を見張った。

「……どうした？」

「あーいやそれがさ！　今日はちょっと恥ずかしい柄の下着だから、見られたくなくて！」

「そ、そう！　さっき名月君とその話してたところだったんだ」

苦しすぎる私たちの言い訳に、彼はやれやれと嘆息する。

「そんなこと言ってる場合じゃないだろう」

「ほんと平気だから！　心配してくれてありがとう！」

こちらを睨《にら》んでいた伊織は不満そうだったけど、なんとか納得してくれたようで自分の持ち場へ戻っていく。ほっと胸を撫でおろした傍《そば》で、燐が心配そうに耳打ちした。

「見てる方が冷や冷やするよ……寮でも大丈夫なの？」

「今のところはなんとか……あ、でもお風呂でもうおしまいだと思ったことが……」

それを聞いた燐が、見たことのない形相で詰め寄ってくる。

「なに？　どういうこと？」

「いやでも大丈夫だったし、今話すことでもないから……」

「だめ。ちゃんと話して」

見た目は儚《はかな》げな美少年なのに、燐はときどきもの凄く頑固になる。さすがに実習中に話すわけにもいかないので目が据わっている彼をなんとかなだめすかし、昼休みまで待ってもらうことにした。

午前の授業が終わり、私たちはひと気の無い屋上へ足を運ぶ。

「んーーここに来るのも久しぶり！」

コロッケパンとカツサンドを抱えた私は、抜けるような蒼天《そうてん》を眩《まぶ》しそうに見上げた。後ろで燐が「そうだね」と笑っている。

一年生の頃はよく燐とここに来て、愚痴を言い合ったり、テストのヤマを張ったりしたものだ。

最近はお互いの番《つがい》と過ごす時間が増えているせいで、そういうこともなくなっていたけれど……。

「それで満月《みつき》ちゃん、さっきの話の続きは？」

「え……ご飯食べてからじゃだめ？」

「だめ」

笑顔で圧を強めてくる燐に、私は仕方なく『バスルーム危機一髪事件』について話し始めた。

その日は伊織が図書館に用があるとかで遅くなると聞いていたので、私はお気に入りの入浴剤を使って、のんびりと湯船に浸《つ》かっていた。

基本的に彼は私が風呂や洗面所を使っている時に入ってくることはしないので、気が緩んでいたのもある。

連日の訓練で疲れがたまっていた私は、風呂の中でついうとうとしてしまい――ふと目を覚ましたら、伊織が私の顔をのぞき込んでいた。

「えっ……どういうこと？」

青ざめる燐に、私はあの時のことを思い出し遠い目になる。

「帰宅した東条がなかなか出てこない私を心配して、見に来てくれたみたい」

目覚めた私を見てほっとした表情になる伊織と、腹の奥が一瞬で冷えた私。今思い出しても冷汗が出てくる。

彼が言うには、何度外から呼んでも返事が無いし、意識を失っているんじゃないかと扉を開けて様子を窺《うかが》ったところだったそうだ。

「入浴剤でお湯が濁ってなかったら終わってたよね……」

「うわ〜……」

顔を覆った燐は、はあとため息を漏らした。

「やっぱり僕が番だったらよかった……。僕なら、満月ちゃんを不安にさせたりしないのに」

「これぱっかりは仕方ないもの。心臓がいくつあっても足りないって感じだけど、なんとかするしかないし」

苦笑しながら、それにねと告げる。

「東条と番でよかったって今は思ってるんだ」

「……そうなの？」

こちらを向いた大きな瞳に、私ははっきりと頷いてみせた。

「ちゃんと話してみたら、わだかまりも無くなったし。これからは二人で首席を目指すって決めたから」

それを聞いた燐はどういうわけか、複雑な表情を浮かべ黙り込んでしまった。いつもなら「よかったね満月ちゃん」と一緒に喜んでくれるところなのに。

「燐、どうしたの？　なんだか様子が変だけど」

「あ、ううん。なんでもない」

「でも」

「それより満月ちゃん、もうすぐ弐の課題だね。次こそ首席を狙ってるんでしょ？」

もちろんと返事しながら、私は頭の中でカレンダーを辿《たど》った。『陽月の課題：弐』は、今からきっかり一週間後。

それほど時間がないとはいえ、まだまだやれることはたくさんある。

「前みたいに無様な姿は見せられないしね。しばらく東条と特訓するつもり。最近いろんな連係技を試すのが楽しくって」

そっかと頷いた燐は、ズボンのポケットから取り出した小箱を私の手のひらに乗せた。

「頑張って。でもあんまり無理しないでね」

「わ、私の好きなGODOVAのチョコ！　いつもありがとね、燐」

にっこりと頷く幼馴染《おさななじみ》はいつもの姿で、内心ほっとする。

最近は燐と話す時間が減っていたせいか、私の中の〝満月〟が久しぶりに顔を出した気がする。

名月である私と、満月である私。

男として振る舞うのに慣れてくると、時々、どちらが本当の自分なのか分からなくなるときがある。そんなとき燐と話すと、定点を見つけたようで安心するのだ。

幼稚園の頃からずっと一緒だった彼だけは、満月だった頃の私を覚えていてくれるから。

その日の授業が終わり、私は今日習った術の復習をするために自習棟へ向かった。

青藍学園には大規模な自習室が備えられていて、勉強だけでなく術の練習などができるよう、一部屋ごとに広い空間が取られている。

こういった設備も国や卒業生たちの潤沢な援助があってこそで、いかにこの学園が必要とされているかが分かるというもので。

「まずい、東条との待ち合わせ時間に遅れてる」

慌てて自習棟の扉を開け飛び込んだところで、出てきた人物とぶつかってしまう。

「わっすみません!」

「いやこちらこそ……ああ、君か」

こちらを見下ろした銀縁眼鏡に、私は内心で「げ。」と思う。にこりともしない鉄仮面の後ろから顔をのぞかせた〝主人〟が、うっすらと笑みを浮かべた。

「御機嫌よう、暴れリス君。今日もせわしないね」

狐《きつね》を思わせる細面の顔に、隅々まで手入れされた長い黒髪。同期生の仙遊寺《せんゆうじ》紀美彦《きみひこ》が、彼の執事であり番のパートナーでもある佐久間《さくま》海里《かいり》を伴って出てきたところに鉢合わせしてしまったようだ。

(この二人、苦手なんだよね……)

紀美彦は代々優秀な陰陽師《おんみょうじ》を輩出してきた由緒ある一族の子息で、物腰は柔らかいけど家柄を鼻にかけているのがありありと分かる。そんな彼に付き従う海里は主人にしか興味がないらしく、紀美彦以外と談笑しているところを見たことが無い。

「まあフットワーク軽いのが取り柄だからね。あはは」

適当に返した先で、紀美彦より十センチ以上背の高い海里が、冷ややかな視線を送って来た。

「物は言いようだが、もう少し気をつけるべきだ。ぶつかったのが俺だからいいようなものの」

「まあまあ、佐久間。暴れリス君にぶつかられたくらい、どうということはないよ」

「ですが紀美彦様……」

優雅な手つきで海里を制した紀美彦は、胸元から取り出した扇子で口元を隠しながら笑んだ。

「田舎の末端華族じゃ、礼儀作法なんぞ身に付けていなくても仕方ないだろう？」

「なっ……！」

かっと頭に血が上った瞬間、私の前に大きな影が割って入る。驚いて見上げた先で、伊織が紀美彦に向かい合っていた。

「広瀬《ひろせ》に何か用か？」

「ああ東条君。僕らはただ挨拶をしていただけだよ」

「そんなふうにはとても見えなかったが」

低く返す伊織に、扇子からのぞく目元がおかしそうに細められた。

「おやおや。ずいぶん、番を大事にしているんだね。東条家の人間ともあろう君が、こんな木っ端華族の輩《やから》と番《つが》うなんて、気の毒に思っていたのに」

「俺は番の相手が広瀬でなんの不満も無いし、むしろこいつを尊敬している」

「へっ？」

思わず声をあげた私に構わず、伊織は紀美彦に向かってきっぱりと言い切った。

「入学したときの広瀬を知っているならわかるだろう。こいつはあの状態から努力で次席まで上りつめたんだ。誰にでもできることじゃないし、お前たちもできなかったことだろう？」

「東条……」

想定外に褒められて、顔から火が出そうだ。紀美彦はふんと鼻を鳴らすと、私たちに向かって湿度の高そうな視線を送ってきた。

「弐の課題、楽しみにしているよ」

ぱんと扇子を閉じると、主従ペアはその場を去っていく。その背を見やりながら、私は伊織に礼を言った。

「ありがとう。庇《かば》ってくれて」

「大したことじゃない。俺の番を愚弄されて見過ごせるほど、我慢強くはないからな」

当たり前のように返され、胸の奥がじわじわと熱くなる。

「それにしてもさすがの嫌味だったよね。あの二人、僕に個人成績で勝てないの気にしてるだろうに」

「だからだ」

そう言ってにやりと笑む伊織に、つられて噴き出した。こういう子どもっぽさがあるのも、番になるまで知らなかったことだ。

「とはいえ、この間はあの二人に負けちゃったもんね。次は絶対に負けない」

先日の課題で次席を取ったのが、紀美彦と海里のペアだった。あの二人は個々の能力こそ私たち程高くないものの、この学園に来るずっと以前から続いている強い絆《きずな》がある。そこを覆すためには、彼らが培った時間を超えるものが必要なはずだ。

「とにかく、当日までできることは全部やろう。特訓つき合ってもらうからな東条！」

「望むところだ」

私たちはその日、陽《ひ》が暮れるまで術の練習をし、夜はそれぞれ座学や剣術などの自習に費やした。次の日もその次の日も。

体力的にはぎりぎりだったけど、私は充実していた。

伊織との訓練はやりがいがあったし、日に日に番として成長していくのを肌で感じていたから、自分が足を引っ張ることだけはしたくなくて。

いつも以上に負荷がかかっていると分かってはいても、ペースを緩める気にはなれなかった。

課題実施が三日後に迫った日の朝。目覚めた私は軽いめまいを覚えていた。

(昨夜も遅くまでやり過ぎちゃった……)

図書館で借りた古代退魔術の本が面白くてついつい夢中になるあまり、気がつけば外が明るくなりはじめていて、慌ててベッドにもぐりこんだものの。ほんの一時間くらいしか眠ることができなかった。

ぼんやりする頭でカーテンを開けると、先に起きて洗面所を使っていたらしい伊織がちょうど出てきたところだった。

「あ、おはよう東条」

「おはよう……ってお前大丈夫か」

「え?」

こちらに近寄って来た伊織は、私の顔をまじまじと眺める。

「ずいぶん顔色が悪いぞ」

「あー……昨日は遅くまで本読んでたから。ちょっと寝不足なだけだから平気平気」

そう言って立ち上がるも、足元が少しふらつく。苦笑いを浮かべる私に、彼はやれやれと息を吐いた。

「その調子なら、今日の実習は休んだ方がいいんじゃないか」

「えっ大丈夫だよ！　課題も近いし休んでる暇なんかないし」

「でも今日は広瀬の苦手な浄化術だろ？」

伊織の言葉に、ムッとする。確かに浄化術はからきしだけれど、休む理由になんかならない。

「苦手だからこそ、ちゃんとやっておかないと。ちょっと低血圧になってるだけだし、朝ごはん食べたら大丈夫だから」

彼は不服そうな顔をしていたけれど、譲るつもりのない私に諦めたらしく、それ以上は何も言わなかった。

万能型の伊織と違い、私は得意と苦手の差が大きい。彼は「広瀬の苦手なところは俺が補うから問題ない」とは言ってたけれど……

（そんなんじゃ、私が助けられてばかりだもの）

伊織のことを知れば知るほど、その完璧さに驚いてしまう。彼は実戦だろうと座学だろうと、できないことがない。洗練された立ち居振る舞いは一朝一夕で身に付くようなものじゃないし、きっと小さい頃から想像もつかないくらい努力をしてきたんだろう。

そんな伊織をサポートする場面がまったく浮かばないし、だからこそ私はこれまで以上に頑張らなくちゃならない。

もちろん自分のためでもあるけれど……紀美彦たちの前で庇ってくれた伊織のためにも。

身支度を整えた私はよしと気合を入れると、実習へ向かった。体調の悪さは、いつのまにか気にならなくなっていた。


浄化術とは、瘴気《しょうき》――妖《あやかし》から生じる気の澱《よど》み――を払うものだ。

瘴気には色々な種類があり、人界と妖界のひずみから生まれることもあれば、妖魔本体や術から発せられるものなど、発生原因によっても対応は異なってくる。

浄化術を極めていけば治癒の力を会得できることもあり、実戦における浄化のエキスパートは欠かせない存在なのだけれど。

退魔術に特化した私は浄化術と相性が悪いらしく、簡単な術はできるものの効果が安定せず、実戦で使えるレベルに達していない。

能力の偏り方は持って生まれたものだから、これぱっかりは仕方ないと先生には言われているんだけど……

今日の実習は、近くの〝ひずみ〟で生じている瘴気を浄化するものだった。

同期生たちが次々に浄化に成功するなか、いつにも増して調子の悪い私は、なかなか術が発動しないでいた。

手順通りに術式を展開し、呪《しゅ》を唱える。たったこれだけのことなのに、私の霊力は途切れてしまって、瘴気にはじき返されてしまう。

「ああもう！　なんで上手《うま》くいかないんだろう」

いらいらする私に、日下《くさか》先生が苦笑しながら言いやる。

「広瀬はあまりある霊力を爆発させるパワー型だからな。繊細な技術を必要とする浄化術とは相性が悪いんだ」

「それはわかってますけど……」

ちらりと視線を向けた先で、伊織が難なく浄化を終えていた。燐や紀美彦や海里も、大して苦労することなくクリアしている。

「まああまり無理をするな。東条なら広瀬ができないところを上手くカバーしてくれるだろう」

教官にぽんと肩を叩《たた》かれ、かぶりを振る。

「それじゃ駄目なんです。僕ばかり助けてもらうことになるから」

これくらいできなければ特業生なんて夢のまた夢だし、東条の番《つがい》である資格が無い。

意地になった私は再び術式を展開し、呪を唱えた。今度は成功かと思ったところで術が途切れ、不発に終わる。その後も何度も挑戦し、なんとか浄化を成功させた。

(よかった。この感覚を忘れないようにしなくっちゃ)

ほっとした瞬間、いつもより疲労感を覚えた。繰り返し術を唱えたせいで霊力をだいぶ消費してしまったんだろうけど、ここで立ち止まってはいられない。

私は周囲を見渡すと、まだ浄化を終えていない瘴気を発見して駆け寄る。さっきよりも気の澱み具合が強いけど、同じようにやれば大丈夫だろう。

そう思って術を展開し始めたとき、突然目の前の澱みが膨れ上がった。

「うわっ！」

「広瀬離れろ！」

近くにいた日下先生が浄化しようとしてくれたけど、ひと足早く呑み込まれてしまう。

いつもなら耐えられる程度のはずなのに、強いめまいを覚えた。

（まずい……朝から調子悪かったのに無理したせいだ）

そう理解した刹那、私の意識は深いところへ落ちていく。

遠くで伊織の呼ぶ声が聞こえた気がした——

■■

「広瀬！」

倒れた名月の元へ、伊織は即座に駆け寄った。何度か名前を呼びかけ肩をゆすってみるが、意識が戻る気配はない。

瘴気を取り除く術をかけた日下教官が、名月の顔色を確認しながら。

「ここのはそれほど強いものじゃないから、そのうち目を覚ますだろう。にしてもまさか倒れるとはな……広瀬は具合が悪かったのか？」

伊織は一瞬、言葉に詰まった。名月の調子の悪さは、分かっていたはずなのに。

「……朝から顔色が悪いのには気づいていました」

「そうか……まあ体調管理は本人の責任だが。広瀬は無頓着なところがあるからな。東条も気をつけてやってくれ」

「はい。すみません」

朝の段階で、もっと強く止めておくべきだった。責任感の強い名月が、三日後に課題が迫る中で休むという選択を取るはずがない。無理をすることなど予想できていたのに、つい受け入れてしまった。

(なんのための番だ)

自責の念を抱えながら眠ったままの名月を背負い上げた伊織は、想像以上の軽さに驚く。

小柄だとは思っていたが、ちゃんと食べているのか心配になるレベルだ。

「ひとまず広瀬を寮に連れて帰ります」

「悪いがそうしてくれるか」

こちらを見やった日下教官は、下がり気味の目をやんわりと細めた。

「こういうことは珍しくない、あまり広瀬を責めてやるなよ。もちろん、自分のことも
な」

「……はい」

寮へ向かう通路を歩いていると、後方から足音が聞こえて来た。

「東条君、待って！」

振り向くと、名月と変わらないくらい小柄な男子が息を切らせていた。名月が伊織と番になる前はいつも一緒にいた生徒で、名は確か越谷《こしがや》燐だ。

「何か用か？」

「あの、名月君……大丈夫なの？」

「先生はそのうち目を覚ますだろうと言っていた」

燐はそうと呟《つぶや》いてから、こちらを見あげた。その視線にはっきりと険があるのを、伊織は感じとる。

「なんでこんなになるまで、放っておいたの？」

無言で見つめた先で、燐は切とした口調で言い募る。

「名月君、ここ最近ずっと疲れてたよね。顔色だってよくなかったし、僕心配してたんだよ。放っておくとすぐ無理するから……」

「体調が良くないのは、俺も気づいていた。実習を休むよう言ったんだが、本人がどうしても参加すると言ってな」

「そ、そう……。名月君、昔から責任感強いもんね」

ため息を吐いた彼は、それならとこちらを見あげた。

「これからは無理しすぎないよう、東条君がもっとマメに声をかけて」

「越谷」

はっとこちらを見つめる大きな瞳に、伊織は有無を言わさぬ口調で言い切った。

「今回広瀬を止められなかったことを、言い訳するつもりはない。だがそこから先は、俺とこいつの問題だ」

「……っ」

絶句する燐を眺めていると、言い知れぬ苛立《いらだ》ちが湧き上がってくる。

なぜ彼に対してこんな感情を抱くのかわからない。名月を心配しているからこその発言が、どういうわけか伊織の内をざわつかせるのだ。

「もういいか」

「待って、名月君をどこに連れて行くの？」

「寮だ。もし具合が悪くなるようなら校医に診せるから心配はいらない」

「え……それは駄目！」

青ざめた燐が、必死の形相で詰め寄ってくる。

「校医に診せるのはやめて。絶対に！」

「……何を言っている？」

困惑する伊織に燐はうろたえた様子だったが、理由を説明し始めた。

「その、名月君には人に知られたくない持病があって。かかりつけ医以外には診せないことになってるから」

「持病？　そんな話は聞いたことないが」

仮にそんな事情があるのなら、自分に知らされていないのは納得がいかない。

陽月番《ようげつのつがい》というのは、互いに命を預け合う存在だ。パートナーに知らせてないことをいくら幼馴染《おさななじみ》とはいえ第三者が知っているというのは、裏切りと捉えられても仕方がないのではないか。

「もし本当にそんな持病があるなら、隠されるのは納得がいかないな」

「誰にだって言いたくないことはあるって、東条君は思わないの？」

ああそうだ。自分にだって、言いたくないことはある。

いつもまっすぐな目をして向かってくる名月に、知られたくないこと。されど。

「陽月番となれば話は別だ。隠して良いことと悪いことがある」

「そ、それはそうだけど……」

苦悶《くもん》の表情を浮かべる燐を見て、自分はなぜこんなにも彼に対して頑《かたく》なになっているのかと考え、唐突に理解する。この胸をざわつかせる、訳の分からない苛立ちの理由。

（そうか。俺は越谷に嫉妬しているのか）

自分が知らない名月を、名月が隠したがっている秘密を、知っている幼馴染に。

あまりに子どもじみた感情に内心で苦笑し、小さくため息を漏らす。いまだ目を覚まさない名月のためにも、今は意地を張る場面ではない。

「もし具合が悪くなったときは、越谷に連絡する。それでいいか」

「え？　あ……そうしてくれると助かる」

急に方針を変えたことに相手は戸惑っているようだったが、こちらから連絡先を聞いたことで安心した様子を見せた。

「じゃあ……名月君をよろしくね」

「ああ」

自分たちの姿が見えなくなるまで、燐は見送っているようだった。

寮の部屋に入ったとたん、大きな吐息が漏れる。今まで経験したことのないような感情に振り回される自分を、持て余していた。

（俺もまだまだだな）

抱えていた名月を本人のベッドに横たわらせながら、様子を確認する。着替えさせるべきか迷ったが、実習着は制服と違ってゆったりした作りのためそのままにしておくことにした。

（それにしても細いな……）

一八〇センチをゆうに超える伊織と比べて、一六〇センチに満たない名月の身体《からだ》はあまりに線が細い。よくこの体であれだけの力が出せるものだと思うが、体格と霊力の多寡が比例しないことは、自分自身が一番よく分かってもいた。

自分が観測する限り名月の霊力の高さは同期生のなかでずば抜けていて、おそらく学園内でも一位二位を争うレベルだろう。本人はそういうことに無頓着のようで、まったく気づいていないようだが。

入学して間もない頃、名月が力を制御できずに銅像を吹っ飛ばしたときは驚いたものだ。何も分かっていない奴らはいまだに笑いの種にしているが、あれを見て自分と同じように末恐ろしさを感じた人間も多いはずだ。

あれだけのポテンシャルを持っていながら、制御の仕方をほとんど教わってきていないのが不思議ではあったが……陰陽術に疎い家であればそういうこともあるのだろう。

当時の名月はいわゆる落ちこぼれの部類で、目立たない生徒だったと記憶している。しかし半年もしないうちに頭角を現し、あっという間に次席の座まで上りつめた。

あのとき、伊織は悟ったのだ。

広瀬名月には、いつか抜かれる――と。

名月が相当な努力家であることは、近くで見てきたから分かっている。

だからこそ陽月番になったとき、自分は名月の能力を最大限引き出す方針を採ることにした。わかりやすい特化型の名月をサポートすることが、自分たちに最適のやり方だと認識しているからだ。

「お前は浄化術が苦手なままでいいんだ」

朝にそう伝えてやればよかったのだろう。けれど一生懸命取り組んでいる彼を傷つけるのではと思い、どうしても口にできなかった。

こんなことになるくらいなら、喧嘩《けんか》をしてでも言うべきだったのに――

寝息を立てる顔を見つめ、すまないと小さく呟く。

明日名月が目覚めたら、きちんと話をしよう。そう心に誓い、伊織はカーテンを引いた。

その夜、ベッドで就寝していた伊織は、隣から聞こえる呻《うめ》き声で目を覚ました。

「広瀬……？」

カーテンの外から呼びかけてみるが、返事はない。そっと中を覗《のぞ》いてみると、目を閉じたまの名月が眉根を寄せて呻いている。

「どうした、苦しいのか」

傍《そば》まで近寄り額に手を当ててみるが、熱は無い。呼吸も確認してみるが苦しげというわけではなく、どうやら夢でうなされているだけのようだ。

(そういえば瘴気《しょうき》に当てられると、悪夢や幻覚でうなされることがあると書いてあったな……)

教則本の記述を思い出し、ひとまずは大丈夫そうだと安心する。とはいえ、呻いている姿が辛《つら》そうなのも事実で。

どうにかしてやれないものかと考えた末、伊織は名月が落ち着くまで傍についてやることにした。何ができるというわけでもないが、せめて汗ぐらいは拭ってやれるだろう。

月あかりに照らされた寝顔が、目の前にあった。

しっかりと閉じられたまぶたからは、長いまつげが覗いている。柔らかな曲線を描く頬や、きめの細かい肌はまるで――

つい見入っていた伊織はおかしな気分になりそうで、急いでタオルを手にすると、名月の額に浮いた滴をそっと拭う。そうして何度か繰り返したときだった。

突然、腕を伸ばした名月にしがみつかれ、ふいうちでバランスを崩した伊織はベッドに倒れ込んだ。

暗がりの中、慌てて起き上がろうと手をついたとき、柔らかい感触があった。一体何を触ったのだろうと考える間もなく再びしがみつかれ、堪《こら》えきれずバランスを崩す。

「おい広瀬、いい加減に……」

気がつけば、眠ったままの名月がしっかりと伊織の身体に抱きついていた。何度か呼んでみるものの、まったく動く気配がない。

どうやらこいつは寝ぼけているらしい。

きっと自分のことを、抱き枕とでも勘違いしているのだろう。そう理解した伊織が苦笑しながら引き離そうとして、ふと妙な感覚をおぼえた。

押し付けられた名月の胸元が、不自然に柔らかい。

もしかしてさっき手をついたときに触ったのも、同じモノではないのか。そう思い至った瞬間、とてつもない動揺が伊織を襲った。

「…………えっ」

一瞬、頭が真っ白になった。

つまり。

いやまさか。

そんなはずは。

否定と混乱が嵐のように吹き荒れ、これまで抱いていた違和感と繫《つな》がり、ようやく伊織はひとつの結論に至った。

広瀬名月は。

自分がすべてを懸けると決めた番は。

女なのだ――と。

四　誰がために

――温かくて気持ちいい。

まどろみの中にいる私は、自分のすぐ傍で誰かが眠っているのに気づき、ああお兄ちゃんかと思う。

そういえば小さい頃、いつも一緒に寝ていたっけ。

お兄ちゃんは温かくて、どんなに凍える日でもくっついて眠ると寒さを感じなかった。

「……もうどこにもいかないでね」

そう呟いた瞬間、掬《すく》い上げられるように私の意識は覚醒してゆく。

外はまだ薄暗い。ゆっくりと体を起こした私は、今自分がいるのは寮の部屋だと認識し、なぜここにいるのか思い出そうとして軽い酩酊《めいてい》感を覚えた。

「そうだ、私倒れて――」

昨日は確か実習中にミスをして、瘴気に呑み込まれて……だめだ、その先をまったく覚えていない。

ふと左側に視線を移し、光の速さで二度見し、夢じゃないと理解したとたん悲鳴をあげそうになった。

(な、なんで東条《とうじょう》が一緒に寝てるの?)

ラフな姿の伊織《いおり》が、なぜか隣で寝息を立てている。

寝ている時ですら綺麗《きれい》な伊織の横顔が近くて、私は直視できなかった。狭いシングルベッドでは彼の身体に触れないでいることが難しく、しかもなんだか温かくて心地よくて、うっかりするとこのままでいたいなんて感情が湧き上がりそうでかぶりを振る。

とにかく伊織を起こして事情を聴かなければ。焦る私がもぞもぞしている間に、彼の目が開いた。ぼんやりとしたまなざしを向けられ、どぎまぎしながら声をかける。

「東条、おはよう……」

「ああ……広瀬《ひろせ》か。目が覚めたんだな」

のっそりと体を起こした彼は、改めてこちらを窺《うかが》う。

「気分はどうだ?」

「ああうん、大丈夫……」

「そうか。よかった」

微《かす》かに笑んだ伊織の顔には少し疲れが浮かんでいるようにも見えて、迷惑をかけたんじゃないかと冷汗が浮かぶ。

ベッドから下り立った彼の背に、おそるおそる問いかけた。

「あ、あのさ。昨日の実習のことよく覚えてなくて……瘴気に呑み込まれた後、どうなった？」

伊織の説明で、意識を失った私を日下《くさか》先生が手当てしてくれ、そのあとは寮の部屋で眠っていたことを知る。

「そうだったんだ……迷惑かけちゃったね」

「気にするな。実戦をやる以上、こういうことは珍しくないと日下教官も言っていた」

とはいえ、自分の不注意が招いたことに変わりはない。申し訳ない気持ちを抱きつつ、私は肝心な質問を口にした。

「それと……なんで東条が一緒に寝てたのか、聞いてもいい……？」

「夜中うなされてたから様子を見に行ったら、お前にしがみつかれた」

「えっ」

「放してくれそうになかったから、仕方なくそのまま寝ただけだ」

言葉にならない悲鳴をあげ、頭を抱える。無意識だったとはいえ、なんということをしてしまったのだろう。

淡々と答える伊織に怒っている気配はなかったけれど、再び気絶してしまいそうだ。

「ほんっとごめん！」

私はただただ平謝りするしかなかった。恥ずかしさといたたまれなさで、穴があったら入りたい。

項垂《うなだ》れる私を見やった伊織は、小さくため息をつくと私の前にしゃがみこんだ。

「広瀬」

呼ばれてそろそろと顔を上げると、黒曜石みたいな瞳がこちらを見つめていた。その奥にあるのは呆《あき》れや怒りとかではなく、どこか優しげなものに見えてどきりとする。

「お前が弐の課題に向けて、一生懸命なのは分かっている。だが無理をするのは、今後やめてくれ」

「……うん」

「俺たちは番《つがい》なんだから、もっと頼ってくれないか」

「で、でもこれまでだって、僕は東条に頼ってばかりだし」

「俺だってお前に頼ってる。お互い様だ」

伊織が私を頼ったことなんかあっただろうか。納得できない表情をしていたのだろう、彼は苦笑しながらまっすぐに私を見た。

「俺には広瀬のような突破力はない。霊力をあれだけの威力で放出できるのは、お前だけだ」

「それはまあ……他に得意なことがなかったからだし？」

「お前はもう少し、自信を持ったほうがいいな。とにかく俺は今後も広瀬の能力を最大限活《い》かす立ち回りをするつもりだ。だから苦手を克服するのが悪いとは言わないが、無理してまでやるのは止めてくれ」

「……わかった」

私の返事を聞いた伊織は、やれやれと微笑した。

「また倒れられたら、俺の心臓が持たないからな。頼んだぞ」

うなずいてみせた私を見て満足したのか、伊織は立ち上がった。彼の優しさに感謝しつつ、そういえばと尋ねてみる。

「あの～……一応聞くけど、僕寝言で何かおかしなこと口走ったりしてなかったよね……？」

「そういえば、俺のことを兄と間違えていたな」

「げっ」

顔面蒼白《そうはく》になる私に、にやりとした笑みが返ってきた。

「心配するな。〝お兄ちゃん〟と泣いていたのは、俺の胸の内にしまっておくから」

「うわ～！　ちょっと――！」

恥ずかしさでじたばたする私を見て伊織はおかしそうに笑っていたけれど、それ以上のことは聞いてこなかった。

私の家族になんて興味が無いといえば、そうなんだろう。でもなんとなく、彼は気を遣ってくれたんじゃないかと感じていた。

このひと月あまり一緒に過ごして気づいたことがある。普段の口数が少ないとはいえ、伊織は雑談をしないわけじゃない。お互いに興味があることを話すときはむしろ饒舌《じょうぜつ》なくらいだ。

ただ彼は人一倍、話す内容に気を遣っているように見えた。余計なことを言わないよう、踏み込みすぎないよう……どうしてそうしているのかは分からないけれど。

(私にとっては助かってるけどね……)

家族のことに触れないでいてくれるのは、正直言ってありがたい。でも常に一線を引かれているようで、ほんの少し淋《さみ》しいのも本音で。

何より最近の私は、伊織にもっと自分のことを知ってほしいという欲求が湧いてきていた。

自分の秘密を絶対に明かしてはならないのに、正反対の感情がどんどん強くなっている矛盾。以前の私なら、何を血迷っているんだと即座に否定していただろう。けれど。

洗面所に向かう伊織の背中を見つめながら、ふと思う。

(彼に家族の話をしたら、どんな反応を見せるんだろう)

何を言うのか、どんな顔を見せるのか。今もそんなことばかり、考えてしまう自分がいる。

結局のところ、自分を知ってほしいというのは、相手を知りたいという感情の裏返しなんじゃないだろうか。もしそうであるならば、私の中に生まれた相反する感情もたぶん……大切にすべきもので。

深呼吸した私は、顔を洗い終わって出てきた伊織に思い切って声をかけた。

「東条、ちょっといい？」

「ああ。どうした？」

「その……僕の家族の話なんだけど、してもいいかな」

彼は一瞬目を見開いてから、自分のベッドにタオルを投げ置きこちらに向き直った。了承の合図と受け取った私は、ぽつりぽつりと語り始める。

「僕が青藍《せいらん》に来た理由なんだけど……家族を守りたかったからなんだ」

私は兄の事情は伏せたうえで、広瀬家が大きな負債を抱えてしまったこと、起死回生を狙って自分がこの学園にきたことを話した。

「特業生になって陰陽寮《おんみょうりょう》のエリートコースに乗れば、きっと広瀬家は復活する。だから何が何でも、僕はここで首席にならなくちゃいけないんだ」

学園内で入学の事情を燐《りん》以外にしたのは、伊織が初めてだった。実家の話は自分の秘密に直結する可能性があるから、できるだけ言わないつもりだったんだけど……彼には知っておいてほしいと思ったから。

伊織はしばらく沈黙していたけれど、やがてこちらを窺うように口を開いた。

「家族のためとはいえ、なぜそこまでする？」

「え？」

「実家のことは広瀬の責任じゃない。そこまで背負い込む必要はないんじゃないか」

彼の疑問はもっともで、本来なら家督を継ぐわけでもない人間がここまでする必要なんてないんだろう。でも私には、そうせざるを得ない理由があった。

「……実は僕、広瀬家の養子なんだ」

伊織が息をのむのがわかった。私は実の両親は顔も知らず、身寄りのない孤児だったことをありのままに伝える。

「記憶にはほとんど残ってないんだけど、僕の里親になった人が酷《ひど》かったらしくて。見かねた今の両親が引き取ったんだって」

当時は幼かったため記憶が曖昧だけれど、兄に手を引かれながら安心したことだけは覚えている。もしあの時手を差し伸べる人がいなかったら……今頃どうなっていたかわからない。

「父も母も兄も、僕のことを実の家族として接してくれたし、愛してくれた。そんな家族に僕は救われたから、今度は僕がみんなを助けたいんだ」

「……そうか」

伊織は納得したのかしていないのか、曖昧な表情を浮かべていた。なぜそんな顔をするのか問うより先に、彼が口を開く。

「広瀬。ひとつ聞いていいか」

「うん？」

「あの日、なぜ泣いていたんだ」

「……あの日？」

「入学式の日。桜の下でだ」

思わず彼を見つめると、静かな瞳がじっとこちらを見返していた。まさかあの時見られていたなんて思いもよらず、すぐには言葉が出ない。

「いや……のぞき見するつもりはなかったんだが。たまたま通りかかってな」

申し訳無さそうに視線を落とす伊織を見て、私は動揺も忘れある種の感慨深さを覚えていた。

彼がこういう質問をしてくるのは、かなり珍しい。いつも私のプライベートに踏み入ることを避けているように感じていたから。

それだけにどう返事するべきか考え、なるべく嘘《うそ》のない答えを選ぼうと思った。私の学園生活は嘘だらけだけど……あの時の気持ちにまで、嘘をつきたくはなかったから。

「僕はあの日、これまでの自分と決別したんだ」

無言でこちらを見つめる伊織に、苦笑しながら告げる。

「小さい頃の僕は泣き虫でさ。いつもおにい……兄の後ろをついて歩いてた。だけど青藍学園に入った以上、これからは誰よりも強くならなくちゃならない。そんな覚悟をしてたら、感極まっちゃってさ」

馬鹿だよねと笑ってみせたものの、なぜか伊織はさっきよりも複雑な表情を浮かべながらも「そうか」とうなずいた。

「でもなんでそんなこと、今さら聞くの？」

確かめる機会なんて、これまでいくらでもあったはずなのに。彼はその質問に言いよんだあと、困り果てた様子で吐息を漏らした。

「すまない。広瀬が背負っているものをどうすれば軽くしてやれるのか、今の俺には分からない」

「そんなの東条が気にすることじゃないよ。これは僕の問題なんだし」

驚く私に伊織はかぶりを振ってから、はっきりと言い切った。

「俺は陽月番《ようげつのつがい》を結ぶということは、相手の人生も共に背負うことだと考えている。すぐには無理かもしれないが……いつか広瀬が抱えているものを、軽くしてやれたらと思うよ」

彼の曇りない言葉が、まるで雪どけ水のように私の心に染みわたっていった。

――ああこのひとは、本当に優しい人なんだ。

気を抜くと涙腺が緩みそうで、私はあえて笑みを浮かべながら告げた。

「ありがとう東条。その言葉だけで、凄《すご》く嬉《うれ》しいよ」

「言葉だけじゃない。俺は本当に」

「大丈夫。ちゃんと伝わってるから」

この人が想像以上に誠実で、案外子どもっぽくて、温かいということを。

彼のことを知るたびに心が沸き立ち、同時に切なさの余韻が胸をしめつける。嘘をつき続けなければならないことがこんなにも苦いなんて、できれば知らないでいたかった。

満月《みつき》のままの私で出会えていたら、彼はどんな顔を見せてくれたのだろうか――そんな夢物語を描いてしまうほどに。

◯

それから、二日後。

講堂に集められた私たちは、いよいよ始まる『陽月の課題：弐』に緊張した面持ちを浮かべていた。

壇上にあがった日下先生が、今回の課題内容について説明を始めている。

今回も実戦か、はたまたまったく違う何かか。耳を澄ませる私たちに、先生は高らかに宣言した。


「本日諸君に取り組んでもらう課題は『料理』だ」


一瞬場が静まり返ったあと、周囲がざわざわと騒だち始める。

「え……料理？」

聞き間違いかと思ったけれど、周りの同期生たちの反応を見ていると、そうではないらしい。困惑する生徒たちの前で、日下先生の説明が続いた。

「諸君も知っての通り、霊力の回復は体力と異なる過程を持っている。当然、ただ食べて眠るだけでは効率が悪い」

もっとも手軽で効率よく霊力を回復させる方法が『霊力を帯びた食べもの』だと言われている。だから寮で出る食事もすべて、専門の職員が霊力を込めて作っているのは知っていたけれど。

「自分たちの食事は自分たちでまかなう。前線で戦う者ならば、当たり前のことだ」

日下先生の言葉はもっともで、反論の余地はない。ただ多くの同期生たちが青ざめているように、私自身、料理をまともにやったことがないのが問題だった。

広瀬家は決して裕福ではなかったけれど、華族としての責任だからと両親は料理人やメイドを雇っていた。だから料理をする機会なんてなかったし、きっとそれは伊織も同じだろう。

なにせ彼は、あの東条財閥の人間なんだから――

「基本的なものならひと通り作れるな」

「本当に!?」

予想外の返事に、私はあんぐりと口を開けた。

まさかこの御曹司、料理までできるとは……。どこまで完璧なのだとめまいがする私の耳に、陽気な声と陰気な声が届く。

「や～まさか料理とはね。今回も楽勝なんじゃない？　燕《えん》」

「……油断するな、柳《りゅう》。お前のそういうところが駄目なんだ」

ちらりと視線を向けた先で、言い合っている同じ顔の二人。三船柳星《みふねりゅうせい》と三船燕星《えんせい》の双子ペアだ。

壱の課題で首席だった二人は一般家庭からの入学で、実家は小料理屋だと聞いている。個々の成績も悪くない上に、双子だけあって霊力の相性は抜群。私たちにとってかなりの強敵だ。

「もしかして、二人とも実家の手伝いしてたとか……？」

私の問いかけに、兄の柳星がそうそうと頷《うなず》いた。

「忙しい時期はほぼ毎日。こんなところで役立つんだから、庶民も悪くないね」

そういって柔和な笑みを浮かべる姿は、陰陽師《おんみょうじ》よりもおしゃれなカフェ店員と言われた方がしっくりくる。少し癖のある白に近い銀髪と、中性的な甘いルックス。明るく人当たりの良さも相まって、学外にもファンが多いらしい（ちなみに東条も学外に追っかけがいるとかいないとか）。

「柳は接客しかしてなかっただろ。料理は俺の担当だったし」

そういってむすりとするのは、弟の燕星。顔だけは柳星と同じだけれど、漆黒の髪色と暗い印象を与えるまなざし。無口で他人と関わろうとしない性格は、兄と正反対だ。

「料理のアイディア出しはいつも俺だったでしょ？　燕の腕と俺のセンスが合わされば、楽勝だって」

「……ふん」

にこにこする柳星に、燕星はそれ以上何も言わなかったけれど、まんざらでもないってことなんだろう。余裕の二人を見て内心で焦っていると、伊織が私の背をぽんとやった。

「そう不安がるな。料理の出来だけで評価が決まるわけじゃない」

「……だよね。そんな簡単な話とも思えないし」

課題の本質を見誤っちゃ駄目だ。料理ができなくても、私にやれることはきっとあるはず。落ち着きを取り戻してきた私は、あれこれと考えをめぐらせる。

今回の課題については、次の通りだ。

各ペアに与えられた食材で、制限時間内に料理を作る。その出来栄えで順位が決まるそうだ。

といってもただ美味《おい》しいだけでは駄目で、霊力の込められ方や、作る過程のチームワークなんかも審査対象になるに違いない。

調理台に並べられた野菜や肉、魚を見て、私は目を白黒させた。何をどう使えばいいのか、まったくわからない。

「どうしよう……何すればいいかさっぱりだよ」

途方に暮れる私の目に、前方でやりとりする主従ペアが目に入った。

「ご安心ください、紀美彦《きみひこ》様。料理は私の方ですべて対処しますので」

「頼んだよ、佐久間《さくま》。僕は霊力を込めることに専念させてもらうからね」

どうやらあの二人は完全な役割分担でいくようだ。涼しい顔で食材を扱う海里《かいり》を見る限り、料理には慣れているのだろう。紀美彦の方は……だいぶ暇そうだけれど。

「東条、僕らはどういう作戦でいく？」

「そうだな……料理の内容は俺が考えるとして、広瀬はどう動きたい？」

最近の伊織は以前と違って、こちらの意見をまず聞いてくれるようになっている。私は少し考えてから、

「足を引っ張っちゃうかもしれないけど……できるだけ僕も調理に参加したいかな」

伊織にだけ調理させるのは気が引けるし、これを機に料理の基礎くらいは知っておきたい。そう伝えると、彼は「俺も同じように考えていた」と同意してくれた。

「調理については俺の指示通りに動いていけば大丈夫だ。ただ霊力の込め方だけは、お前に任せるしかないな」

「霊力の込め方か……」

教則本の中に、そういう項目があったのは記憶している。成功するかどうかわからないけれど、やってみるしかない。

伊織はいくつかの野菜を手に取り、皮をむいたり、切ったりしていった。その手つきは確かに経験者のそれで、つい見いってしまう。

「東条、凄いね……」

「大したことじゃない。やれば誰にでもできる程度だ」

そうはいっても財閥御曹司が料理を覚える機会なんて、いつあったのだろうか。不思議に思う私に、彼はてきぱきと指示を与えていく。

「広瀬、鍋に昆布を入れて湯を沸かしてくれ。沸く直前に昆布は取り出すんだ」

「了解！……こんぶってどれ？」

「そこにある黒くて細長いやつだ」

「え、これ食べものだったんだ……」

その後も手際の悪い私を彼は根気よく導き、調理が進んでいった。伊織が考えたメニューは肉じゃがと大根とお揚げのお味噌汁《みそしる》、そして焼き鮭《ざけ》をほぐしたものとシソ、ゴマを混ぜ込んだご飯。どれも素朴だけど美味しそうで、お腹《なか》が鳴ってくる。

私は伊織の作業を手伝いながら霊力を込めていたけれど、いまいち上手《うま》くいっていない気がしていた。

教則本通りにやってはいても、どうもしっくりこない。これはもう、感覚的なものだと思う。

(駄目だ、こんなんじゃきっと勝てない)

私は必死に考えた。どうすれば私でも上手く霊力を込められるだろう。料理の腕だけじゃない何かが、きっとあるはずだ。

「あのさ、東条。このご飯、おにぎりにしちゃ駄目かな。なんとなくだけど、その方がうまく霊力を込められる気がして」

「ああ。広瀬のやりたいようにやってくれ」

とはいえ、まともに作ったことのない私がやって失敗したらどうしよう。そんな不安が顔に出ていたんだろう、伊織が当たり前のように言い切る。

「お前なら大丈夫だ」

深呼吸した私は慣れない手つきでお米を握りながら、この料理を食べる人のことを想像してみた。お父さん、お母さん、お兄ちゃん……誰に食べてもらいたい？　と考えて浮かんだのは、隣で包丁を動かす相棒。

（やっぱり、東条に食べてもらいたい）

二人で作った料理を一番に食べて欲しいのは、他の誰でもない、伊織だ。

そう思った私は彼が食べるところを想像し、美味しいと笑う姿をイメージする。すると体の芯から温かいエネルギーが湧いてくるのを感じた。

その力を込める感覚で、形を整えていく。

（よし、できた）

完成したおにぎりたちは形がばらばらで綺麗《きれい》ではなかったけれど、試食した伊織は一瞬目を見開き、「美味《うま》いな」と微笑《ほほえ》んでくれた。

たったそれだけのことが無性に嬉しくて、心が満たされる。

そして、制限時間いっぱいの鐘がなった──

○

結論からいうと、私たちの成績は次席だった。

首席を取ったのは柳星と燕星のペア。すべてにおいてバランスがよく、非の打ち所がなかったのが勝因だ。

実際私たちも食べてみたけれど、とても素人では太刀打ちできない内容だったので、負けたことは悔しいけれど納得もした。

「おめでとう。さすがの出来だったね」

「ありがとね。広瀬たちも頑張ったじゃん、ご令息の二人がここまで作れるのは予想外だったし」

柳星の口調は不思議と嫌味がなくて、私もそうだよねと頬をかく。

「ほとんど東条のおかげなんだ。僕は簡単な作業と霊力込めただけだからさ」

「でも俺、広瀬たちの料理が一番好きだったよ」

「え、なんで？」

彼はちらりと東条に視線を向けてから、にっこりと笑んだ。

「なんていうか、君らの料理が一番アイがあったからさ」

「愛!?」

いきなり飛び出したワードに、心臓が飛び上がった。それを見た柳星がおかしそうに笑う。

「料理ってのはさ。食べてもらう相手を思いながら作るのが一番だから。ね、燕？」

「俺の料理は柳のためじゃないけどな」

真顔で返す燕星に慣れているのか、柳星は特に反応することもなく。

「特にあのおにぎりは良かったよ。審査員の先生たちも驚いてたでしょ？　抜群の霊力が込められてた」

「あれは……うん。一番食べてもらいたい人をイメージして作ったから」

誰とは恥ずかしくて口にはできないけれど。柳星はうんうんとうなずいてから、そっと耳打ちをした。

「そういうところが、あの二人に勝てた理由なんじゃない？」

みなの視線が向かった先、苛立《いらだ》った様子の紀美彦が不満を海里にぶつけている。

「なぜなんだ！　あんな田舎臭い料理より、佐久間の作ったものの方が格段に上だった。僕の込めた霊力だって、完璧だったのに……！」

「申し訳ありません。私の力及ばず」

「そうじゃない！　お前の料理に落ち度は無かった。納得できないのは審査の方だ！」

憤懣《ふんまん》やるかたないといった紀美彦に、燕星がふんと鼻を鳴らした。

「見目だけいい料理が何の役に立つ。俺たちが作るのは戦場で食う飯だってのに」

「燕星、聞こえるよ……」

焦る私のことなんて、彼は気にも留《と》めていない様子で言い放った。

「偉そうに椅子に座ってるだけのボンボンに、俺たちが負けるわけがない」

「……なんだと？」

先に反応したのは、海里の方だった。銀縁眼鏡の奥に見える切れ長の瞳には、明らかに怒りがにじんでいる。

「今の発言取り消せ」

無言で睨《にら》みつける燕星に、海里は詰め寄った。

「貴様に紀美彦様の何がわかる」

「佐久間！　落ち着いて！」

割って入った私を、海里は押しのけた。はずみで転びそうになったところを伊織が受け止め、

「いい加減にしろ二人とも。終わったことで争って何の意味がある」

彼の一喝で、二人はばつが悪そうに黙り込んだ。その直後、くすくすとした笑い声が嫌な湿度を持って響き渡る。

「なるほど。やはり東条君は下賤な身なだけあって、同類に優しいことだ」

紀美彦が発した言葉に、周囲は困惑の表情を浮かべた。誰もが知る名門東条家を下賤《げせん》だと言える人間なんて、この国にほとんどいないだろう。

当の伊織は何も言わず、ただ紀美彦を見据えている。

「君が料理ができると聞いて、納得したよ。さすが女中の子だってね」

「……なんだって？」

思わず問い返した私に、紀美彦はおかしそうに扇子で手を叩《たた》いた。

「おや暴れリス君は知らなかったのかい？　彼は東条家の正統な血筋の人間じゃない。妾《めかけ》ですらなかった下賤な女が産んだ子だ」

周囲のざわつきが大きくなり、皆の視線が伊織に集中した。次第にひそひそと言い合う声や、嘲笑めいた笑いが聞こえ始める。

「まさかあの東条がな……」

「いったいどんな手を使って、後継者に滑りこんだんだか」

けれど彼の顔には秘密を暴露されたことに対する焦りや怒りといった感情が少しも浮かんでおらず、そのことがむしろ私の内をえぐった。

「彼の作った料理を見ただろう？　田舎の女が作りそうな野暮ったい料理だ。今回はたまたま、暴れリス君の霊力がへぶっっ」

気がついたときには、紀美彦を思いっきり殴り飛ばしていた。それはもう見事に、彼の身体《からだ》はひっくり返る。

「紀美彦様！」

血相を変えた海里に起こされると、紀美彦は狼狽《ろうばい》しながら怒鳴った。

「お前……っ。下級華族の分際でこの僕を殴るとはどういうつもりだ！」

「うるさい黙れ」

怒鳴り返した私を見て、紀美彦は気圧《けお》されたように口をつぐむ。私の中で沸騰した怒りは、収まるどころかどんどん勢いを増して今にも暴発しそうだ。

「東条に謝れ。由緒ある一族だかなんだか知らないけど、言って良いことと悪いこともわかんないなら幼稚園から出直してこい！」

「なんだと我が仙遊寺《せんゆうじ》家を愚弄する気か！」

「広瀬やめろ！」

再び殴りかからんばかりの私を伊織が制止し、そのまま抱え上げた。

「ちょっ、何するんだ！　離せ！」

暴れる私をものともせず担いだ彼は、あっけに取られる周囲に告げる。

「悪いが後は頼んだ」

「おい東条！　降ろせ！」

じたばたする私を無視して、伊織はどこかへ歩いていった。怒りの収まらない私は、彼の背中をぽかぽか叩きながら叫ぶ。

「あんなこと言われてなんで黙ってるんだ！」

紀美彦の蔑む目が、悔しかった。周囲から浴びせられる好奇の目が、腹立たしかった。何ひとつ反論しなかった伊織の心中を思うと、やりきれない。

無言の彼にしばらく抱えられたまま移動し、空き教室に入ったところで歩みが止まる。ひと気のない室内は静かで、降ろされた私はこちらを見つめる伊織を見たとたん、急速に頭が冷えていった。同時にとんでもないことをしてしまったという焦りが、湧き上がってくる。

「あの、東条……。ごめん、ちょっとやりすぎた……」

紀美彦の実家である仙遊寺家は、青藍学園と強い繋《つな》がりがあると聞いている。私のせいで東条まで立場が悪くなったらどうしよう……。

何を言われるかびくびくしている私の目の前で、伊織はしばらく私を見つめていたけれど、突然堰《せき》を切ったように笑い出した。

「……え？」

見たことが無いほど腹を抱えている姿に、ぽかんとしてしまう。そんな私を見て、彼はただただおかしそうに言った。

「あいつを殴るなんてお前くらいだ」

いまだに笑いの収まらない伊織を見ていると、なんだか私もおかしくなってつられながら笑ってしまう。

誰もいない教室に、私たちの声だけが響いていた。

相好を崩した彼はいつもより子どもっぽく見えて、こんな顔もできるのだと思うとなぜだか胸がどきどきする。

「悪い。あの場を収める方法が他に思いつかなくてな」

「ううん、僕こそごめん。たぶんあそこで東条が何を言っても、聞かなかったと思うから……」

伊織はもごもごと「あのまま広瀬が殴られでもしたらどうしようかと……」と呟《つぶや》いていたけれど、我に返ったように「謝らないでくれ」と私の頭をぽんとやった。

「俺の代わりに怒る人間なんて、これまでいなかったからな。どう反応すればいいか分からなかったんだ」

「東条……」

彼の表情は凪《な》いでいたけれど、どこか寂しげでもあって。なんだか、胸の奥がぎゅうっとなってしまう。

「……仙遊寺が言ったこと、本当なの？」

「ああ」

短くうなずいた伊織に、慌ててかぶりを振る。

「立ち入ったこと聞いてごめん」

「いや、いいんだ。いずれ分かることだから」

そう言って彼は、自身の生い立ちのことを話してくれた。

東条家の現当主（伊織の父）には二人の息子がおり、本妻の子である長男と、妾の子である次男（伊織）。本来は伊織の兄である長男が東条家の後継者となるはずだったそうだ。

「妾といっても、父が気まぐれに手を出した女中がたまたま孕《はら》んだだけだからな。幼い頃は母親の存在ごと、いないものとして扱われていたよ」

本妻やその取りまきからの嫌がらせも酷《ひど》く、伊織の母は心労がたたり若くして亡くなったそうだ。唯一の味方だった母を亡くしてから、彼の生活がより過酷だったことは想像がつく。

使用人同然の扱いを受けていた伊織は、共に食卓を囲むことすら許されなかったそうだ。実の父親もそんな彼の状況を慮《おもんぱか》ることもなく、見るに見かねた料理人から食材を分けてもらい、自分で調理してなんとかしのいでいたんだとか。

「そっか……だから料理ができたんだね」

こうなることを予測していた伊織の母から、一通りのことを教わっていたと彼は言った。

料理までできるなんてさすがだと感心していた自分の呑気《のんき》さが、恥ずかしくなる。

「結果的に今回役に立ったわけだから、悪いことばかりでもないさ」

「それはそうだけど……酷いよ。東条にはなんの責任もないのに」

本妻はともかく、実の父親まで味方になってくれないなんて、幼い彼の心をどれほど傷つけただろう。

憤る私とは対照的に、彼の目は静かだった。そこにあるのは怒りや悲しみなんてとっくに超えた〝諦め〟なのだと、嫌でも気づいてしまう。

「あの家に居場所はなかったが、それでも以前の俺は信じてもいた。努力さえすれば、東条家の人間として認めてもらえるんじゃないかって」

だからすべてのことにおいて人一倍努力したと、伊織は言った。誰よりも早く起きて下働きを手伝い、寝る間を惜しんで勉学に励んだそうだ。

「父は世間体を気にして学校だけは行かせてくれたからな。成績は常に一番を維持していたよ」

そうすればいつか父は自分を見てくれる。しかしそんな日が来ることは無いのだと、薄々気づいてもいた――と彼は哀《かな》しそうに微笑《わら》った。

「……それなのに、どうして今は東条家の後継者になったの？」

「きっかけは、兄の進路だ」

本妻の子である長男には弱いながらも霊力があったため、青藍学園への入学が期待されていたそうだ。けれどどれほど優秀な家庭教師をつけたとしても、長男にこの学園に入れるほどの実力は身に付かなかった。

「父は焦っていたようだ。東条家の維持には陰陽寮《おんみょうりょう》との太いパイプが欠かせないからな」

伊織の父はもちろんのこと、東条家の当主は代々青藍学園を卒業し、陰陽寮幹部を歴任している。財閥当主としての顔と、陰陽寮幹部としての顔。要するに政財界と国家防衛の両方を掌握しているからこそ、他に類を見ない地位に君臨しているのだ。

とはいえ青藍学園は完全な実力主義を貫いているから、東条家の人間といえども実力が伴わなければ当然、入学は許されない。

相当な悶着《もんちゃく》の末、白羽の矢が立てられたのは既に高い霊力を持ち、術者として頭角を現していた伊織だったそうだ。

「皮肉なものだと思ったよ。俺は中学を卒業したら、あの家を出るつもりでいたからな」

家族への期待を捨て、一人で生きていこうと決めたばかりのことだったと、彼は言った。

「今さら跡取りなどと言われたところで、なんの感慨も無かった。むしろ本妻とその取りまきたちの反発を思えば、断りたかったくらいだ」

それでも伊織には拒否する権利すら与えられず、いつのまにか青藍学園への入学が決まっていたという。

「そんな……いくらなんでも勝手すぎない？」

　これまでずっといないものとして扱っておいて、都合が良いにも程がある。

　憤る私に彼は「どうあがいても俺は、東条家から逃れられない運命だと悟ったよ」と苦い微笑を漂わせた。

「だから俺は、誰もが認める後継者になってやろうと思った。跡継ぎにしてやったなんて冗談じゃない。俺の利用価値を否《いや》でも認めさせてやると誓ったんだ」

　そう語る伊織の顔に浮かぶ嫌悪の色は、息子を道具としてしか見ていない父親に対してだろうか。それともそんな父親の言いなりになるしかない、自分の運命に対してだろうか。

　いつだって前だけを見ていた彼の裏に、こんな事情があったなんて。何も言えずにいる私に気づいたのだろう、伊織は自嘲気味に笑ってみせた。

「がっかりしただろう？　東条家の御曹司だなんだってもてはやされているが、所詮俺は自分が認められることしか考えていない小さな人間だ。……広瀬とは大違いなんだよ」

　私は強くかぶりを振った。

　そんなことない。伊織がどんな人間かは、私がちゃんと知っている。

　でも……私は分かってしまった。これまで彼がどうしてプライベートに踏み込んでこようとしなかったのか。

本当の自分を知られたくないから。そうせざるを得ないほどに、伊織は自分を認められずにいるから。

頑《かたく》なに一線を引いて、距離を置いて、自分を守ろうとしていたんだ。

(そんなの、哀しすぎるよ)

彼はただ、あるはずのものを摑《つか》もうと必死に生きてきただけなのに。

どうにもならない感情がこみ上げ、気がつけば涙が頬を伝っていた。一度零《こぼ》れ落ちた数多《あまた》の想《おも》いは、止めることができない。

突然泣き出した私を見た伊織は、一瞬啞然《あぜん》としてから狼狽し始めた。

「どうして広瀬が泣くんだ」

「だって……悔しいよ。東条はずっと一人で頑張ってきたのにさ……！　なんでそんな……っ」

あふれ続ける感情を言葉にすることができず、私はただ打ち震えるしかなかった。

家族から愛されず、気にもかけられず。それでも父の愛を諦めきれず、血のにじむような努力を重ねてきたのに、振り向いてすらもらえなくて。

そんなことをおくびにも出さず、東条家のために完璧であろうとする彼の意地があまりに切なくて、哀しい。

「東条は家の勝手で押し付けられた役目を完璧にこなそうとしてるんだろ？　全然小さく

なんかない。ものすごく立派だよ……っ」

「広瀬……」

「東条と僕は、何も違わない」

伊織の両肩を摑んだ私はまっすぐに彼を見あげ、ありったけの想いを込めて言い切った。

「跡取りだとか誰の子だとか、どうでもいい。東条は東条で、僕のたった一人の番《パートナー》だ！　そうだろ？」

こちらを見つめていた黒曜石みたいな瞳が、わずかに震えたのが分かった。

少しの間のあと、伸びてきた彼の指先が私の目元をそっと拭う。いっこうに止まらない涙に、困ったように微笑《ほほえ》んで。

「ありがとう」

ひどく優しげな声に、また私の涙腺は決壊してしまう。

結局その日は心の澱《おり》を流し切るようにさんざん泣いてしまったけれど、伊織は何も言わずただ傍《そば》にいてくれた。

どちらが慰められているのか分からなくて申し訳なくなったり、思ったより穏やかな顔をしている彼にちょっとほっとしたり。

そんなこんなで――長かった一日はようやく過ぎていったのだった。

翌朝、ぱんぱんに腫れた目に絶望しつつ、日直だった私は伊織より先に寮を出て、校舎までの道を急いでいた。

季節はすっかり初夏を迎え、新緑が芽吹く木々を眺めていると、気持ちもずいぶん明るくなってくる。

青藍学園は三つの校舎が南北に並んでいて、二年生の教室があるのは真ん中の校舎。いったん私は北校舎の職員室で日誌を受け取ってから、中校舎への渡り廊下に向かった。ちょうど渡り切った所で思わぬ人物と出会い、足を止める。

「佐久間……」

銀縁眼鏡の奥から、にこりともしない瞳がこちらを向いていた。

無言で立つ海里の傍に、紀美彦の姿は無い。そういえば彼が一人でいるところを、初めて見た。

「広瀬、少し時間をもらえるだろうか」

「いいけど……何？」

もしや昨日の件でクレームを入れに来たのだろうか。主が侮辱されたときの激昂《げきこう》を思い出し身構えたけれど、彼はまったく予想外のことを口にした。

「昨日は紀美彦様が悪かった」

「えっ……」

まさか謝られるとは思っていなかったせいで、即座に反応できなかった。目を丸くしたまま固まっている私に、海里は苦しげに口元をゆがめる。

「東条の出自について、あの場で口にされるとは思わなかった。謝っても許されることじゃないが……」

「……そうだよ。謝っても許されないくらい酷いことだった」

はっきりと告げた先で、海里はうなずいていた。いつもは鉄仮面のような顔に今ははっきりと苦悩が浮かんでいて、なぜ彼がこんな表情をしなければならないのかつい気になってしまう。

「佐久間。なんで仙遊寺はあんなこと言ったの」

「……何を言っても言い訳にしかならないが。紀美彦様は仙遊寺家の跡取りとして、幼い頃から厳しい教育を受けてこられた。一族の期待を背負い続けるストレスは、相当なものだろう」

「そんなの東条だって同じだろ？　あの東条財閥の跡取りなんだから」

「その通りだ。ここに来る人間は、皆多かれ少なかれ何かを背負っている。君も……もちろん俺も」

海里はそう呟いて、ため息を漏らした。普段感情をほとんど見せないけれど、もしかしたら今の姿が素なのかもしれない。

「紀美彦様は東条や広瀬の実力を誰よりご理解されている。だからこそ、至らないご自分を歯がゆく感じておられるのだろう」

「……だからって暴言を吐いていいわけじゃないと思うけど」

「ああ。今回の件は止められなかった俺の落ち度だ。本当にすまなかった」

そう言って頭を下げ、真摯に謝罪する海里を見ていたら、これ以上怒る気持ちにはとてもなれなかった。本来なら紀美彦が直接謝りにくるべきだとは思うけど……。

「あのさ……なんで佐久間は仙遊寺のためにそこまでするの？」

いくら執事だからといって、本人がやったことの尻ぬぐいまでする必要があるだろうか。

海里はいったん沈黙したあと、「他人から見れば理解できないだろうな」とほんのわずか苦笑した。

「俺が紀美彦様の専属執事に選ばれた理由は、霊力の相性が良かったというだけだ。他になんの取り柄も無い子どもだったから、あのかたにしてみれば足手まといでしかなかっただろうな」

にもかかわらず、紀美彦は文句ひとつ言わず海里を導き、育ててくれたのだと彼は言う。

「紀美彦様がいなければ今の俺は無い。他人がどう言おうと、俺にとってあのかたはすべてだから」

この先も変わらず、お支えするつもりだ――そう告げた海里の揺るぎない目を見て、私はなんとなく彼の気持ちが理解できてしまった。

自分にとって今の家族がすべてであったように。きっと海里にも、譲れないものがあるのだろう。

「そっか……仙遊寺はいい友達に恵まれたね」

「友達？　俺と紀美彦様はそのような関係ではない」

「僕はそう思わないけど、まあなんだっていいよ。とにかく佐久間の気持ちは伝わったから、謝罪は受け取っとく」

そう笑ってみせると彼は少しだけ驚いたように目を見開いたあと、ほっとしたように頷《うなず》いた。

「恩に着るよ」

「後で東条にも謝っておきなよ」

ああと頷いた海里は、目元にわずかな微笑をただよわせた。

「東条はいい番《つがい》を持ったな」

「えっ……」

「君のことをあれだけ大事にするのもわかるよ。だが俺たちも次の課題では負けない」

聞いた私は照れくささを隠すように、宣言してみせた。

「僕たちも、負けないから」

海里と別れ誰もいない教室にたどり着くと、ちょうど三船兄弟も登校してきた。

「おはよう。二人とも早いね」

「広瀬おはよ。今日も可愛《かわい》いね～」

にこにこと手を振る柳星は、絶妙に着崩した制服と両耳を飾るピアスがよく似合っている。相変わらずのゆるい陽気さに、つられるように笑ってしまい。

「男に可愛いはないんじゃないかなあ」

「そう？　今の時代性別なんて関係ないよ。広瀬がイヤなら止《や》めるけど……」

「別に嫌ってわけじゃ……」

「じゃ、問題ないね」

猫みたいな目で無邪気に笑いかけられると、ついつい受け入れてしまう。柳星のこういうところは、本当に凄《すご》いなと思う。

私にもこれくらいの愛嬌《あいきょう》があれば伊織も……なんて考えたところでかぶりを振った。

（なんでここで東条が出てくるの）

近頃の私は何かにつけて伊織のことばかり考えていて、どうもおかしい。元々彼を超えるためにずっと意識していたとはいえ、なんだか方向性がおかしくなっているような気がして、落ち着かないのだ。

「広瀬どしたの？」

柳星の声に我に返った私は、「なんでもない」と慌てて自分の席へ行こうとしてうっかり足をひっかけてしまう。

「わっ」

「おっと」

よろめいた私の身体《からだ》を、柳星がキャッチした。彼のつけている香水だろうか、甘い匂いが鼻孔を刺激し、ちょっとだけどぎまぎしてしまう。

「あ、ありがとう柳星」

体勢を立て直しながら離れようとしたとき、私の肩を支えていた彼の手が背中に回された。

「捕まえた」

「!?」

抱きしめられたと理解するのに、一秒ほどかかった。父や兄以外の男性に抱きしめられるなんて初めてで、思わずフリーズしてしまう。

「えっちょっと……柳星？」

「も～昨日の広瀬最高だったからさ。仙遊寺を殴るなんて、俺マジで刺されちゃったよ」

そう言って柳星は「ね、燕？」と笑った。彼の甘く清涼な香りが再び鼻孔をくすぐり、顔が熱くなる。隣で話を振られた燕星が、やれやれと鼻を鳴らした。

「また柳の悪い癖が始まった。あんた気をつけろよ、こいつは気に入ったら男も女も関係ないから」

「ど、どういうこと？」

「じゃあ俺は巻き込まれる前に退散」

「ままま待って行かないでよ燕星！」

必死の呼び止めも聞かず、燕星はさっさと教室を出ていってしまう。柳星と二人きりになった教室内で、私の頭はぐるぐると迷走していた。

目前にある彼の顔が近くて直視できない。私をホールドする腕は、細身の体形からは想像できないくらい力強くて。

「ねえ広瀬、今度俺とデートしよ」

「いや、その、僕、男だし」

「そんなの関係ないって言ったでしょ？」

耳元で囁《ささや》く柳星の甘やかな響きに、頭がくらくらする。

男子校で男子から抱きしめられている。

想定外のシチュエーションに、完全に混乱していた。私は女子だけどここでは男子なわけで彼は私を男子だと思ってるけどデートに誘ってああもうわけがわからない！

「ちょっと待って柳星！　僕は――」

そのとき、背後から私を呼ぶ声がした。ぱっと柳星が手を離すと同時、ぐいと引かれた私の身体は声主の懐に収まる。

「……東条！」

見上げた先で、伊織の険しい顔があった。彼は私を懐に収めたまま、咎《とが》めるように柳星を睨《にら》み、

「何をしていた」

「やだな、そんな怖い顔しないでよ。広瀬と親交を深めてただけだからさ」

「そうは見えなかったが？」

柳星は肩をすくめると、猫のような瞳にいたずらめいた色を浮かべた。

「へえ。東条は番の交友関係にまで口出すんだ」

「そういう話はしていない」

「じゃあ俺と広瀬が仲良くしたって問題ないでしょ？」

ぐ、と言葉に詰まる伊織を尻目に、彼は私ににこりと微笑《ほほえ》みかけた。

「ねえ広瀬は俺のこと嫌い？」

「えっ……嫌いってわけじゃないけど……」

「ね？」

にこにこする柳星を前に黙り込んだ伊織は、こちらを見ることなく教室を出て行ってしまう。残された私は慌ててその後を追った。

「東条待って！」

けれど彼の歩みが止まることはなく、廊下の途中で追いついた私は再び呼びかけた。ようやく立ち止まった彼は振り向いたけれど、表情はこわばったままだ。

「どうしたんだよ、急に出ていくなんて」

「邪魔して悪かったな」

「邪魔だなんて！　そんなことないってば」

「でも抵抗していなかっただろ？」

冷ややかな声に、びくりとなる。こんなにも冷たい目をしている伊織を見るのは初めてで、胸の奥が痛くて苦しい。

「……男に抱きしめられたことなんてないから。どうすればいいかわからなかったんだ」

それを聞いた伊織の表情がさっと青ざめたように見えた。彼は急に視線を逸《そ》らすと、しどろもどろな調子になる。

「あ、いや……。広瀬は悪く無い。嫌な言い方して悪かった」

「柳星のことは嫌いじゃないけど、さすがにびっくりしたから……東条が止めてくれて助かったよ。でもきっと、柳星も僕をからかっただけだろうし」

それを聞いた伊織は小さくため息をつくと、片手で顔を覆い黙り込んでしまう。どうしたのだろうと心配になっていると、やがて呟《つぶや》くような声が聞こえた。

「危なっかしくて見ていられないな……」

「……え？」

「――《越谷》の気持ちが今になって分かるよ」

うまく聞き取れなくてもう一度聞き返してみても、伊織はそれ以上応えてはくれなかった。一体どうしてしまったのか気にはなったけど……その後の彼はいつも通りだったし、もうこの話題には触れたくなさそうだったので、私もあれこれ考えることはやめた。

明日になれば今日のことなんて忘れるだろうし、またいつもの日常が戻ってくるはず。

それがずいぶん甘い見積もりだったなんて、この時の私はまだ知らなかった。

五　それぞれが秘めるもの

翌日以降も柳星《りゅうせい》の調子は変わらず、何かと私に構うようになった。

「広瀬《ひろせ》、このお菓子美味《おい》しいよ。いる？」

「広瀬が好きな食べ物なに？　今度作ってあげる」

「ねえ広瀬。俺といつデートする？」

元々気さくな彼とは以前から話すほうだったけれど、今は明らかに頻度が上がっていて、そのこと自体は大した問題じゃないんだけど……。頭痛の種となっているのが、伊織《いおり》の機嫌が反比例するように急降下していることだ。

昼休憩を告げるチャイムが鳴ると同時に、柳星がにこにことやってきた。

「やっほー広瀬、俺と昼飯食べない？」

「えっと……東条《とうじょう》も一緒だけどいい？」

柳星は隣で黒いオーラを放っている伊織をちらっと見てから「まあいっか！」とうなずいた。

食堂で私を挟んで伊織と柳星がけん制し合うのも、もはや日常だ。

「広瀬それ美味しそーだね。俺にもひと口ちょうだい？」

「こいつはもっと栄養を取らないといけないから、駄目だ」

「じゃあ俺のもあげるからさ。なんなら全部あげてもいいよ～」

「食べ過ぎも駄目だ」

頭上で散らされる二人の火花が怖くて、私は毎回生きた心地がしない。

柳星は明るくて話題も豊富だし、こまやかな気遣いもできる。どこまで本気かわからない口説き文句さえなければ、友人としては申し分ないんだけど……。あのこと《ハグ事件》があってから伊織は私を心配して傍《そば》を離れないし、三人一緒になると毎回冷戦がはじまるものだから、おちおち食事もしてられない。

今日も味が分からない昼御飯をかきこんだ私は、早々に席を立った。

「広瀬、どこへ行く？」

素早く反応した伊織に、私は「ちょっとトイレに……」と返す。

「あ、じゃあ俺も行こっかな」

「三船《みふね》はここにいろ」

彼が柳星を引き留めている間に、そそくさと食堂を出た。伊織は育ちの良さというべきか、トイレに付いてくるようなことはないので助かっているのだけれど。

学校にいるときの私はさすがに男子トイレに入るわけにはいかないので、職員用に作られた数少ない女子トイレをこっそり使っている。今日も誰もいないタイミングを見計らって済ませると、廊下を歩きながらため息を漏らした。

「なんでこんなことになってるんだろ……」

漏れた本音に、ふたたびため息が漏れる。柳星に悪気はないんだろうし、伊織も私を心配してのことだから感謝すべきなのはわかってるんだけど……さすがにこの状態が毎日続くのは、ストレスが溜《た》まる。

特に伊織の機嫌が悪いのが、私を落ち着かなくしていた。最近は二人でいるときですら、柳星の話題をうっかり口にしようものなら、分かりやすく不機嫌になってしまうから気を遣う。

「はあ……一人になりたい……」

誰の目も気にせず、ぼーっとしたい。

大好きなお菓子を食べて、ゆっくり本でも読んでいたい。

このままどうしても食堂に戻る気になれなかった私は、のろのろと屋上に足を向けた。あそこならひと気もないし、誰にも邪魔されずにすむだろう──そう期待し階段を上っていく。

屋上に続く扉を開いた私は先客がいるのに気づき一瞬ひるむけれど、相手が誰だかわかって胸をなでおろした。

「燐《りん》、来てたんだ」

こちらを振り向いた幼馴染《おさななじみ》が、ああと微笑んだ。昔から変わらない穏やかな空気に、ほっとするのを感じる。

「ここに来るのは珍しいね、どうしたの？」

「ああうん……ちょっとひとりになりたくて」

それを聞いた燐は「じゃあ僕出ようか」と立ち上がりかけるのを慌てて止めた。

「いいの！　燐はここにいて」

再び座った彼の隣へ行って、私も腰を下ろした。そういえばこうして二人で話すのも久しぶりだ。

「最近東条と柳星の冷戦が凄くてさ……あの雰囲気に耐えられなくて」

「もの凄いオーラ放ってるもんね。さすがに僕も近寄れないよ」

くすくすと苦笑する燐に、だよねとため息を漏らす。周りの同期生が私たちを遠巻きにしているのも、分かっているから。

「弐の課題が終わってから、こんなことになるなんてさ……。なんで柳星が急に私に構いたがるのかもわかんないし」

「そう？　僕は柳星君の気持ちわかるけどな。あの時の満月《みつき》ちゃん、かっこよかったもん」

にっこりと頷《うなず》く燐の方がよっぽど可愛《かわい》くて、柳星が気に入りそうだけど……とは口にしなかった。

彼は見た目こそ女の子みたいだけれど、内面はしっかりと男の子だって知ってるから。

「東条君のためにあそこまで怒れる人、そういないよ」

「あ、あれは……いくらなんでも酷《ひど》いと思ったから」

なんだか気恥ずかしくて頬をかいていると、燐は手元に視線を落としながら呟いた。

「東条君とうまくいってるんだね」

「うん、今のところはね。最近ちょっと過保護な気はしてるけど……」

「過保護？　ああ、柳星君のことで」

「それもあるんだけど……一度倒れちゃったせいで、心配かけたんだと思う。何かと口《くち》煩《うるさ》いというか」

ちゃんと食べろ、夜更かしするな、怪我《けが》に気をつけろ。近頃の伊織はまるで母親のように注意してくることが増えた。

「机で寝落ちてたら怒られるし、この間なんてちょっと床でうたた寝してたら『腹出して寝るな！』ってすっごい怒られて」

「それは満月ちゃんも気をつけたほうがいいけどね」

苦笑いする燐を見て、まあねと苦笑を返す。

小さく深呼吸してから屋上の床に寝転んだ私は、夏色を帯び始めた空を見あげた。コンクリートのひんやりとした感覚が気持ちいい。

「はー……やっぱり燐と話してると落ちつく」

「……そう？」

「だって私が唯一満月でいられる時間だもの」

女の子としての自分が、許されるひととき。思えばこの時間があったからこそ、綱渡りな男子校生活でパンクせずにいられたのだと思う。

幼馴染である燐と出会ったのは、私たちがまだ幼稚園に通っていた頃だった。

帝都住まいだった越谷家《こしがや》が、喘息《ぜんそく》を発症した息子のために空気の良《い》い郊外――広瀬家の近くに引っ越してきたのが始まりだ。

出会った頃の彼は今以上に色が白く儚《はかな》げで、女の子だと思い込んでいた私は「燐ちゃん」と呼び慕っていた。年齢はひとつ上だったけれど、仲が良かった私たちは双子の姉妹のようだってよく言われたものだ。彼が男の子だと気づいてからも私たちの関係に変化はなく、幼馴染の間柄は今も続いている。

燐に霊力があると知ったのは、中学にあがる少し前。その頃には喘息もすっかり良くなり、せっかくだから陰陽術の教育を受けることにしたと話していた記憶がある。

その流れで青藍《せいらん》学園にまで受かってしまうんだから彼の才能も凄《すご》いもので――当の本人

には「男子校に入っちゃう満月ちゃんほどじゃないよ」と言われてしまうんだけど。

私が兄の代わりに青藍学園に行くと決めたとき、燐は賛成こそしなかったものの、一番に協力を申し出てくれた。

――同じ青藍に通う僕にしかできないことでしょ？

独りで乗り込む覚悟でいた私はその言葉を聞いたとき、どれほど心強かったか分からない。

寮を同室にしてもらおうと提案してくれたのも彼で、あれが無かったら入学当初の慣れない生活と四六時中気を張っていなくちゃならないプレッシャーで、きっと押し潰されていただろう。

こういう彼の機転や気づかいに、これまでずっと助けられてきたのだと改めて思う。

ふと見やった先で、燐はどういうわけか黙り込んでいた。そういえばここ最近の彼はこういう顔をすることが増えた。

「ねえ燐、何かあったの？」

「……え？」

「なんだかぼんやりしてるよ。前もこういうことあったし」

それを聞いた彼は慌てたように「なんでもないよ」とかぶりを振った。

「なんでもないわけないでしょ？　長い付き合いなんだから」

小さい頃から一緒にいただけあって、お互いにちょっとした変化も分かってしまう。彼は思い詰めたように長いこと俯《うつむ》いていたけれど、やがて小さく声を漏らした。

「……ほんとはね、悔しいよ」

「悔しい？」

長いまつげで縁取られた瞳が、こちらを向いた。そこにある強い何かに、どきりとしてしまう。

「本当は僕が満月ちゃんの番《つがい》になりたかったし、誰よりそれを望んでた。でも満月ちゃんの望みは僕じゃ叶《かな》えられないと思ったから……東条君でよかったって思ってたんだ。だけど……」

燐は一度だけ息をついてから、はっきりと言い切った。

「やっぱり満月ちゃんのことは僕が傍で護《まも》りたい。それができないのが、悔しい」

そのあまりに切なげな表情を見て、一瞬言葉を失ってしまう。どうして彼がこんな顔をしているのか、思考が追いつかない。

「ま……待って、燐。ここで私の事情を知っているのは燐だけだし、今まで凄く助けてもらったけど。そこまで背負い込む必要はないんだよ」

「そんなことない。だって僕は、満月ちゃんを護るためにこの学園に来たんだから」

「えっ？……でも燐は私がお兄ちゃんの代わりになる前から、入学が決まってたでしょ？」

彼が青藍に合格したのは、兄と同じタイミングだったはずだ。

「本当は入学を辞退するつもりだったんだ。僕は戦いとか向いてないし、実家の両親も無理に行かなくていいって言ってくれてたから」

想像もしていなかった告白に、私は再び言葉を失った。そんな話は今初めて聞いたし、一度だって燐はそんなことを口にしていなかったのに。

「じゃあどうして……」

「満月ちゃんが、男子校に行くなんて言うからだよ」

絶句する私に、彼は苦しそうに訴えた。

「だって満月ちゃんは、女の子なんだよ？　一人で行かせられるわけないじゃん！」

絞り出すように言い放った燐の顔を、私はただ見つめていた。まるで時間が止まってしまったように、頭と心が動かない。

――そんな。まさか。

真っ白になっていた頭が少しずつ事態を理解し始めたとき、後悔が一気に湧き上がってくる。

燐が私のためだけにこの学園に来ていたなんて、少しもその可能性を考えたことがなかった。

同じ学園に彼がいることを呑気《のんき》に喜んで、なんのためらいもなく頼って。ずっと一緒に過ごしてきたのに、自分のことしか考えていなかった私はなにひとつ見ようとしていなかったんだ。

（なんて、馬鹿だったんだろう）

何か言わなければと思うのに、口が動いてくれない。

呆然《ぼうぜん》と立ち尽くす私から視線を逸《そ》らした燐は、逃げるようにその場を去っていく。

「待って……！」

ようやく発した声に彼が振り返ることはなく、その場に残された私は追いかけることもできず、誰もいなくなった階段をただ見つめていた。

どうすればよかったのか、何を言うべきだったのか。なにひとつわからないまま、昼休みが終わるチャイムが鳴っても、私はその場を動けないでいた。

首席を目指すのなら授業をサボるわけにはいかない。そんなことは分かっていても、今は考えたくなかった。何食わぬ顔で燐のいる教室に戻ること自体、できる気がしなかった。

結局午後の授業が始まっても私は屋上に座り込んだまま、茫然《ぼうぜん》と流れる雲を眺めていた。

陽《ひ》がだんだんと傾いてゆき、空が少しずつ夕暮れの色を帯び始め、校庭から聞こえていた生徒たちの声が無くなっていく。

静かになった運動場に放課後を告げるチャイムが鳴り響いたとき、ようやく私の意識は現実に引き戻されていった。

（……そろそろ戻ろう）

これ以上ここにいたら、皆に心配をかけてしまう。しぶしぶ立ち上がった私は、足取り重く誰もいない教室に戻って荷物をまとめ、寮に帰った。

のろのろと扉を開けると、奥にいた伊織が弾《はじ》かれたように出てくる。

「どこへ行ってたんだ。戻ってこないから心配したぞ」

「……ごめん」

彼のほっとした表情を見て、思わず泣きそうになるのを堪《こら》える。無言で俯く私をのぞき込んだ伊織は、わかりやすく眉根を寄せた。

「……まさか三船と何かあったのか？」

「柳星は関係ない。……そんなんじゃないんだ」

項垂《うなだ》れる私を伊織はしばらく見つめていたけれど、やがて小さく吐息を漏らして私の腕を引いた。

「とにかく入れ」

中央にある座卓の前に大人しく座ると、彼は「ちょっと待ってろ」と部屋を出ていき、しばらくしてカップを手に戻って来た。

「ほら」

「……ありがとう」

カップの中身は私の好きなミルクティーが入っていて、ひと口飲むとじわりと視界がにじんだ。普段何も言わないけれど、伊織は私の好きなものを覚えてくれている。その優しさが、苦しいほどに。

「……東条は凄いね」

「何がだ？」

「友達の好みとか、ちゃんと見て知ってくれてる。自分のことしか見えていない僕とは大違いだ」

瞠目《どうもく》した伊織は黙り込んだあと、躊躇《ためら》いがちに口を開いた。

「そんなことはない。……広瀬だけだ」

視線を上げた先で、彼は困ったように後頭部に手をやる。

「他の奴の好みなんて知らないし、興味もない。お前は俺を買いかぶりすぎだ」

予想外の返答に、私の胸はどういうわけか締めつけられた。なんと言えばいいか分からずロごもっていると、彼はやれやれとこちらを見やった。

「一体なにがあった。言いたくないなら言わなくていいが……そんな顔されると俺も放ってはおけない」

「……ごめん」

「謝れと言っているわけじゃない。心配しているだけだ」

そう言って眉を下げる伊織はいつもの隙一つ無い様子と違って、本当に参っているように見えた。

きっと私のことを本気で心配してくれているのだろう。彼の優しさを感じれば感じるほど、自分の目的のためにこの人も巻き込んでしまったのだと罪悪感が湧いてくる。

いっそのことすべて吐き出してしまえたら、楽になるのだろうか。

そんな欲求が湧き上がってくるのを、必死に打ち消す。今ここで秘密を暴露してしまったら、これまでの努力がすべて無駄になってしまう。

それだけはどうしても――どうしても、できない。

「……僕さ」

手元のカップを見つめながら、私はちいさく呟《つぶや》いた。

「とにかく家族を助けたくて、ただそれだけの想《おも》いでここに来たんだ。正直それ以外のことなんてまったく考えてなくて」

こちらを見つめる黒曜石みたいな瞳に、自嘲めいた笑みを浮かべてみせる。

「そんな僕の身勝手さが誰かを傷つける可能性に、考えが及ばなかった。……本当に情けないよ。これからどうすればいいかもわからなくて」

あの時燐が見せた顔を思い出すたびに、胸が突き刺されるように痛む。伊織はしばらく黙っていたけれど、やがて静かに口を開いた。

「諦めるのか？　広瀬がここへ来た目的を」

その問いに一瞬黙り込んでから、はっきりとかぶりを振る。

「諦めたくない。諦めるわけにはいかない」

「じゃあいいんじゃないか。そのままで」

思わず見返した先で、彼は淡々と言い切った。

「広瀬には譲れないものがあって、そのためにわき目も振らず努力してきたんだろう。それの何が悪い？」

「でも……もしかしたら、東条のことも傷つけるかもしれないよ」

「そんなことはお互い様だ。俺だって俺の目的のためにお前を傷つけるかもしれない」

伊織はこちらをまっすぐに見つめると、改めて問いかけた。

「広瀬は何を置いてでも、やり遂げるつもりなんだろう？」

「……うん」

「ならその覚悟を俺は支持するよ」

彼のまなざしは強いのに、その声はひどく穏やかで――そのまま見つめていると泣いてしまいそうで、顔を隠すように俯く。

「どうした？　大丈夫か」

伊織の優しさが、ただただありがたかった。目尻をそっとぬぐい顔を上げた私は、せいいっぱいの笑みを浮かべてみせる。

「東条、ありがとう」

こちらをのぞき込んでいた彼の瞳に、私の笑顔が映り込んでいた。なんだか急に気恥ずかしくなって、伊織も何も言わず見つめてくるものだから、沈黙を紛らわそうとつい軽口をたたいてしまう。

「もう、本当に東条っていいやつだよね。僕が女の子だったら惚《ほ》れちゃうよ」

「なっ……」

「えっ？」

「なんてことを言うんだお前は……」

気づけば見たことが無いほど狼狽《うろた》えている伊織が、そこにいた。一体どうしたのだろうと様子を窺《うかが》うと、彼は顔を逸らしながら呟く。

「……冗談でもそういうことを言うんじゃない」

「ご……ごめん」

伊織の耳が赤く染まっているのに気づいたとたん、私の顔まで急激に熱くなってしまう。

（え？　あれ？）

鼓動が騒がしくなり、彼の顔を見ることすらできない。互いに気まずくなった私たちは、その後黙々と明日の準備をし、早い時間に就寝した。

ベッドにもぐりこんだ私は、胸の動悸《どうき》がおさまらず困惑していた。

（なんなの、この状況……）

どうして伊織はあんなに動揺したのだろう。その理由を考えようとすればするほど、心臓がうるさくてどうにかなりそうだ。

だめだ、早く忘れよう。

そうしないと取り返しがつかないことになりそうで、無理やり目を閉じてなにもかもを意識から追いやる。

――今の私は、広瀬名月《なつき》。

青藍《せいらん》学園に通う、れっきとした男子高校生。

絶対に、それを忘れちゃいけないのだから。

■■

翌朝目覚めた伊織はカーテン越しに隣の気配を窺いつつ、昨夜の失態に頭を抱えていた。

昼食の後、急に姿が見えなくなった名月をどれほど心配したことか。

あれだけ首席に固執していた彼女が授業を無断欠席するなど、ただごとではない。校舎の方々を捜しても見つからないため、仕方なく寮に戻ったものの、帰ってくるまで気が気じゃなかった。

ようやく帰宅した名月は明らかに酷《ひど》い顔をしていて、何かあったのだとすぐに察した。

ずいぶん落ち込んでいる様子の彼女をなんとかしてやりたいと、話を聞いてみたものの。

多くを語らない様子に、触れてはいけない〝秘密〟に関わることなのだと思い、それ以上問い詰めることはしなかった。

けれど泣きそうな彼女を放ってはおけず、なんとか自分なりに考えたことを伝えたまではよかったのだが。

涙を堪《こら》えてありがとうと笑った名月を見たとき、体の中が急速に熱を帯び、彼女を抱きしめたいという衝動に駆られた。

(もう少しで手を出すところだった)

柳星に抱きしめられあれほど困惑していた彼女を見ていたのに、同じ過ちを犯すところだった。

寸前で我に返りなんとか耐えたと思ったとき、とどめのアレが来た。

――僕が女の子だったら惚れちゃうよ。

言葉の綾《あや》だと分かっているのに、ふいうちの一撃は伊織の大事な何かをあっさりと貫いてしまった。同時にあまりに無邪気な名月が、同じことを他の男に言いはしないかひどく不安になった。

昨日の食堂で彼女が中座した後、柳星と交わした会話が蘇《よみがえ》る。

「広瀬遅いね～俺捜しにいこっかな」

「トイレだと言っていただろう。そっとしておいてやれ」

名月が男子トイレを使っていないことは分かっていたため、なんとしても柳星を止めなければと焦っていた。それで仕方なく、自分から話題を振ることにしたのだ。

「三船。どういうつもりか知らないが、広瀬をからかうのはやめてくれないか。あいつは今、余計なことに構っている暇はない」

「別にからかってなんかないよ？　俺、結構本気だし」

本気という一言に、胸の奥がざわついた。この男相手だと最近はどうも感情がコントロールできず、気づけば言い返していた。

「何を言っている？　あいつは男なんだぞ」

「へえ？　東条がそんなこと言うのは意外だね。キミこそそういう目であの子を見てると思ってたけど」

からかうような視線を向けられ、かっと頭が熱くなり平静を失った。

「いい加減にしろ。俺はそんなことは」

「まあ認めないいなら俺にとっては好都合だけどね？　どのみち選ぶのは広瀬なんだし」

絶句する伊織に、柳星は言い含めるように笑んだ。

「俺とあの子がそういう関係になっても、恨みっこなしね」

名月が起き出した気配を感じ、伊織は思わず息をひそめた。しばらく物音がしたあと、カーテンの向こうから声が届く。

「東条、まだ寝てる？」

「あ、いや……今起きたところだ」

「そっか。僕先に出るね。昨日無断欠席したことも、先生に謝らなきゃだし」

わかったと告げると、扉が開く音がし、再び静寂に包まれる。そろそろとカーテンを開けた伊織は、窓から差し込む朝陽《あさひ》に目を細めた。

（広瀬のためにも、しっかりしなきゃな）

こんなことで動揺し、振り回されているようでは先が思いやられる。自分も名月も、特業生という高い目標があるのだ。

陽月《ようげつ》の課題ではまだ首席すら取れていないというのに、他のことに意識を向けている余裕などない。

ゆっくりと深呼吸し、身支度を整えると伊織は寮を出た。今日は久しぶりに裏山で個人訓練をするのもいいだろう。汗を流せば、頭の中にある靄《もや》もすっきりするはずだ。

校舎内に足を踏み入れると、名月より遅かったとはいえまだ時間が早いせいだろう。廊下や階段に同期生たちの姿はなく、ひっそりと静まり返っていた。

自身の教室に向かっていた伊織は、あと少しというところで笑い声が聞こえてくることに気づく。

（この声は……）

そっと教室内を覗《のぞ》いてみると、名月と柳星が談笑しているのが見えた。楽しそうに笑う彼女を見た瞬間、心臓が嫌な音を立て、腹の奥からどす黒い感情が湧いてくる。

割って入ろうと扉に手をかける自分をなんとか抑え込み、伊織はきびすを返し教室から離れた。


――なんなんだ、これは。

早鐘を打つ鼓動と乱れる呼吸に、堪《こら》えきれず立ちすくんだ。わけのわからない痛みと焦りが、自身の内で暴れ回っている。

越谷燐に対して感じたものと似ているが、あのときとは比べ物にならない。この身をえぐられるほどの苦しさだ。

楽しそうな二人が脳裏に浮かび、伊織は打ち消すようにかぶりを振った。

駄目だ、どうしても耐えられない。あの笑顔は自分だけに向けて欲しい。
誰にも彼女を取られたくない。
暴発しそうな感情を押し殺すように、そろそろと息を吐く。
ああもう。
自分をごまかすのも、限界だ――

六　夜行祭

紫陽花《あじさい》の蕾《つぼみ》が色づき始めた、六月半ば。

青藍《せいらん》学園は士官学校とはいえ、体育祭や学園祭などの学生らしいイベントもちゃんとある。

梅雨が始まる少し前の季節にあるのが、夜行祭《やこうさい》だ。

このイベントはその名が表す通り、『夜に歩く祭』で、生徒たちは陽が暮れだす頃に学校を出発し、そこから四〇キロ先にある目的地に向かってスタートする。途中休憩は挟むものの、基本的には夜通し歩きっぱなしの行事だ。

「夜出歩くことって滅多にないから、なんかどきどきするな～」

張り切る私の隣で、伊織《いおり》が苦笑しながら言いやった。

「あんまりペース上げると後半もたないぞ」

「わかってるって。東条《とうじょう》も居眠りするなよ～？」

大きな手に髪の毛をわしゃわしゃされ、ひゃ～っと笑う。

このイベントは番《つがい》のペアで歩くのが決まりになっていて、パートナーとの親睦を深める意味合いもあるそうだ。

そうは言ってもみんな厳密にルールを守るわけでもなく、ときどき話す相手を交代しながら長い夜をみんなで越えていく。そうやって仲間との絆《きずな》を深めるのも、青春って感じがして私は好きなんだけど——

「祭とか言ってるけど、要は夜通し歩かされるだけの苦行イベントだよな」

身も蓋もない燕星《えんせい》のぼやきに、柳星《りゅうせい》がそう？　と返した。

「夜の遠足って感じでいいじゃん。俺は好きだけど？」

「わかる！　みんなで朝陽を見るのも楽しみだし」

私の賛同に柳星も「だよねー」とにこにこする。浮き浮きしている私たちを見て、燕星は心底面倒くさそうな顔をした。

「このポジティブ陽キャどもが……」

青藍学園は帝都の中心にあるけれど、付近には裏山や大きな河川があって比較的のどかな場所だ。

目的地となっている睡蓮《すいれん》の丘までは、車通りの少ない道路や河川敷《かせんじき》をのんびり歩く。今の季節はまだまだ夜になると涼しいから、頬をなでる風が心地いい。

少し前を歩いている燐《りん》に気づき、その華奢《きゃしゃ》な背中を切ない気持ちで眺めた。結局あれから彼とは一度も話せていない。

何度か話しかけようとはしたものの、あからさまに避けられてしまって、それ以上は踏み込めなかった。時間が解決するかどうかはわからないけど……今はそっとしておくしかないんだろう。

「広瀬《ひろせ》どうした？」

こちらを窺《うかが》う伊織に、「なんでもない」と笑みを返す。燐と私との間になにかあったことは、彼も気づいているだろう。この間落ち込んでいた原因だってことも、分かっているのかもしれないけれど、あえて何も触れずにいてくれているようだ。

沈みゆく夕陽《ゆうひ》の反対側に、私と伊織の影が長く伸びていた。その大きさの違いを見て、ふと問いかける。

「そういえば、東条って身長どれくらいあるの？」

「今年の身体測定では一八五センチだったな」

「え〜いいなあ。僕も五センチでいいから分けてほしいよ」

女子だから仕方ないとはいえ、せめて一六〇センチあれば伊織と並んでも見劣りしないだろうに……。令嬢だった頃は気にならなかった身長も、小柄なせいで扱えない霊具もあるくらいだから、国家陰陽師《おんみょうじ》を目指す身としてはやっぱりもうちょっとほしい。

「広瀬は今のままでいいと思うが……」

「なんで？　背なんて大きいに越したことはないだろ？」

「機動性が高いのがお前の良《い》い所だし、小さいのがかわ……」

「かわ？」

「……かわうそじゃないか？　あれ」

「えっどこどこ？」

伊織が指さした方向を、私は見た。茜色《あかねいろ》に染まる川のほとりに何か黒い生き物がいて、もそもそと動いている。

「ほんとだ！……いやでも待って、かわうそって確か絶滅したんじゃなかった？」

「じゃあヌートリアか」

「ヌートリアってなに……！」

その後三十分もすればすっかり陽は沈み、始まったばかりの夜が私たちを包み込むように帳《とばり》を下ろした。私と伊織はたわいのない話をしながら、河川敷の土手を軽い足取りで歩いていく。

きっと他人から見れば、何のことはない光景なんだろう。けれど普段厳しい訓練を受けている学園生にとって、ただお喋《しゃべ》りしながらのんびり歩く時間は、やっぱり貴重で特別だ。

だからみんなどこか浮き立っていて、そんな空気もむずがゆくて楽しい。

空に星が瞬《またた》きだしてしばらく経《た》った頃、近くにいた柳星と話していたらいつのまにか伊織の姿が見えなくなっていた。どこに行ったのだろうと気にする私の隣で、柳星が月を見上げながらああと呟《つぶや》く。

「そっか、今夜は満月だね。それでおまえもソワソワしてたんだ」

そう話す彼の視線先、実習着の胸元から白くて狐《きつね》のような見た目の生き物が顔をのぞかせている。

「えっ柳星その子は？」

興味津々な私の声に驚いたのか、その生き物はぴゃっと姿を隠してしまった。柳星は笑いながら「大丈夫。出ておいて」と声をかける。

しばらくすると、おそるおそると言った様子で、大きな耳がぴょこんと出てきた。つぶらな瞳に見つめられると思わずきゅんとする。

「わあ～可愛《かわい》い。柳星の式神かなにか？」

「管狐《くだぎつね》だよ。うちは憑き物《もの》筋だから」

「憑き物筋……って、代々眷属《けんぞく》を引き継いでいくとかいう？」

「そそ。俺の母親がその家系でね。俺と燕もその体質をばっちり継いだってわけ」

柳星と燕星にそんな特性があったなんて知らなくて、少し驚いてしまう。二人の実家である三船《みふね》家は普通の一般家庭だとばかり思っていたから。

「そっか、全然知らなかったからびっくりしたよ」

「俺はともかく、燕は憑き物筋だってこと隠したがってるしね。この子は『もめん』っていうんだけど、とにかく怖がりでさ。滅多に人前には出てこないんだけど、今日は満月だから我慢できなかったみたい」

私に慣れたのか、もふもふの長い体を現したもめんは、柳星の周りをくるくる飛んでいる。その姿がなんとも愛らしくて、つい思ったことを口にしてしまう。

「いいなあ。そんな可愛い相棒がいるなんて羨ましい」

「そ？　じゃあ広瀬にもあげよっか」

「えっそんなことできるの？」

「できるよ。俺と契りを結んでくれたら」

にっこりと微笑《ほほえ》まれて、心臓が飛び上がる。

「えーっと……兄弟の契りとか？」

それを聞いた彼は猫のような目をおかしそうに細めながら、言いやった。

「嘘《うそ》だよ。憑き物筋の奴と契るなんて、碌《ろく》なこと無いからやめておきな」

予想外の返しに、柳星を見あげた。月あかりに照らされた彼の横顔は、いつもの陽気なイメージとは違い、どこか冷たさをはらんでいるようにも思えて……。

「……どうしてか聞いていい？」

「聞かないほうがいいよ。楽しい話でもないし」

「でも……柳星が自分のことそんなふうに言うのは、嫌だよ」

彼はこちらを見ないまま、小さくため息を漏らした。

「ごめん。俺から言い出しといて、何言ってんだって話だよね」

「あ、いや……話したくないなら、無理には聞かないけど」

柳星はしばらく沈黙してから、淡々と口を開いた。

「子ども《ガキ》の頃、俺たちとある田舎の山奥に住んでたんだ。父さんが死んで、母さんが疫病神だって追い出されるまではね」

聞けば元々憑き物筋の家は疎まれたり、いわれのない差別を受けたりすることが多かったそうだ。柳星たちのお父さんはそういった事情も分かった上でお母さんと結婚し、子どもにも恵まれた。

「父さんは村でそこそこ名のある家の出だったからね。母さんを疎んでいた奴らも、表立って俺たちを差別するようなことはなかった」

けれど柳星たちが六歳になった頃、お父さんが妖魔に殺されたことをきっかけに、三船家への偏見や差別は一気に助長していったそうだ。生活できなくなった三人は故郷を捨て、帝都に移り住んだという。

「あんな村さっさと出ていきたかったから、俺はよかったと思ってたよ。これで面倒なこともなくなるってさ。……でも上京したらしたで今度は身分の違いだとか、出自がどうとかであれこれ言う奴ばっかでさ。心底うんざりしたよ」

そう語る彼の声はどこまでも冷ややかで、私は胸が詰まる思いだった。いつも明るい柳星の裏に、そんな事情があったなんて思いもしなかったから。

「……でも、じゃあどうして青藍に来たの？」

この学園は実力主義とはいえ、圧倒的に華族や名家の子息が多い。柳星にしてみれば、関わりたくもない人間ばかりだろうに。

「青藍学園の存在は前から知ってたけど、最初はまったく興味なかった。国家陰陽師なんかになったら俺たちを蔑んだ奴らを命懸けで守らされることになるんだろ？　冗談じゃないってね」

ならどうしてという視線に、彼はうっすらと笑ってみせた。

「女手一つで俺たちのこと育ててくれた母さんを楽にさせてやりたかったのもあるけど……俺はそんな育ちのいい人間じゃないからね。気分よかったからだよ。華族のお坊ちゃんをこの手でねじ伏せるのが」

そう語る柳星の目は冷めきっていて、その奥にある昏《くら》い光に気づいたとき、私はようやく思い知った。

彼が見ている世界と私が見ている世界には、大きな隔たりがあるんだってことを。

「もうわかってるだろうけど、俺は華族が嫌いだ。特権があるってだけで偉そうにして、自分の立場を上げることしか考えてない無能な奴らだって、この学園に来てからもずっと思ってたよ」

「柳星……」

この国にある生まれや身分の格差を、知らなかったわけじゃない。それでも青藍に来ている生徒たちはみな同じ立場でいると、どこかで私は思い込んでいた。

柳星の明るく人懐っこい姿の奥には、きっと想像もできないほどの事情と感情が渦巻いているんだろう。私たちの間には決して消えることのない壁があって、そのことに気づいていないのは自分だけだったんだ……そう思うと、やるせなさがこみあげてくる。

「でもね。この間の広瀬を見て、ちょっと考えを改めた」

驚いて見やった先で、彼は愉《たの》しそうに瞳を細めた。

「正直驚いたよ。まさか他人のために、自分より格上の相手に食って掛かるなんてさ。俺の知ってる華族のお坊ちゃんなら絶対にやらない」

「あ、あれはあまりにも腹が立ったから。後先考えずにやっちゃっただけだよ」

うんうんとうなずいてから、柳星はほんの少し寂しげに呟く。

「東条が羨ましいよ」

「……どうして？」

「だってもし広瀬の番《つがい》が俺だったら、広瀬は俺のためにキレてくれるんでしょ？」

それを聞いた私は眉をひそめながら、かぶりを振った。

「待って、柳星。僕は東条が番の相手だから、怒ったんじゃないよ。もし柳星がいわれのない差別を受けたとしても、怒るに決まってるだろ？」

「え……なんで？」

「なんでって、友だちだからだよ」

柳星は心底驚いたと言った様子で、こちらを見つめていた。

「……俺のこと、友達だと思ってくれんの？」

「当たり前だよ、燕星のことだってそう思ってるし。きっと東条だって同じだよ」

「東条が？　まさかそれはないでしょ」

「そんなことない」

柳星を見つめ返した私は、きっぱりと断言した。

「東条は無愛想だから勘違いされやすいけど、誰より優しくて誠実だよ。二人のことだって身分で判断したりなんか絶対にしてない」

これだけは確信があったし、譲るつもりはなかった。その意思をくみ取ってくれたのかは、分からないけれど……彼はそれ以上反論することはなく、やがて頭上を仰ぎ見て小さく呟いた。

「……そっか」

街灯の明かりで垣間《かいま》見える柳星の表情からは、何を考えているのか読み取れない。けれどその横顔はいつもの柔らかな雰囲気に戻っていて、少しだけほっとする。

私の視線に気づいた彼は、こちらを振り向いてにっこりと笑んでみせた。

「ありがとね、広瀬」

「別にお礼を言われるようなことなんて何もないよ」

「やっぱ今度俺とデートしよ？」

「えーっと、友達としてなら！」

「んーま、いっか！」

その後、休憩所になっている公園に入ったところで柳星はいなくなり、代わりに伊織が戻ってきた。

「東条、どこ行ってたの？」

「ああちょっとな」

曖昧に濁す彼に首を傾《かし》げつつ、私たちは適当な場所で休憩を取ることにした。

夜行祭は長丁場なため、何度か休憩時間が設けられている。周囲ではまだまだ元気の有り余っている同期生たちが、談笑にふけったり、ちょっとしたゲームに興じたりしているけれど、伊織と相談してしっかり休むことを選んだ。

もうずいぶん歩いたとはいえ、まだ行程の半分も来ていない。できるだけ体力を温存しておかないと、後半きつくなるのは目に見えているから。

手頃なベンチを見つけた私たちは、並んで腰かけ飲み物を口にした。

「うえぇ……もう結構足がぱんぱんだ」

「普段鍛えているとはいえ、長距離歩くことは無いからな」

「明日以降の筋肉痛が恐ろしいよね」

そんなたわいのない話をしながらストレッチしていると、どこからか言い争う声が聞こえてきた。声の雰囲気からして、同じ青藍学園の生徒だろう。

「なんだろ……喧嘩《けんか》かな」

気になった私たちが様子を確認しに行くと、四、五人ほどの人影が見えた。そのなかのひとりが突き飛ばされた瞬間、反射的に声をあげていた。

「何やってるんだよ！」

駆け寄った私は、倒れこんだ生徒を抱え起こす。

「大丈夫？」

ありがとうと呟いた相手は、私の顔を見た瞬間ぎょっと目を見開いた。

「き……きみ、広瀬君だよね」

「そうだけど」

「ひっ……！　特進クラスの人が僕なんかにほんとごめん」

ぺこぺこと頭を下げる彼に、何言ってるんだよと返す。

「クラスとか関係ないだろ？」

青藍学園は実力主義をうたっているだけあって、クラス編成も期末ごとの成績で決められる。私たちのいる特進クラスは、成績が優秀な生徒が集められているとはいえ……だからと言って、他クラスの生徒と立場に違いがあるわけじゃない。

「お前たち何をしていたんだ？」

伊織の問いかけに、言い争っていた面々はばつが悪そうに黙り込んだ。

「誰か説明できる人間はいないのか」

「……うるせえな」

ぼそりと呟いた人物が、忌々しそうに舌打ちする。

「特進サマだからって、俺たちのことに口出すんじゃねえよ」

「目の前で起きた暴力を止めるのに、クラスが関係あるのか？」

冷静に返す伊織を見て、別の一人が「おい宮崎《みやざき》、もう止《や》めとこうぜ」と言いやった。

「東条に目を付けられたら面倒だろ」

宮崎と呼ばれた生徒は再び舌打ちすると、無言で私たちに背を向ける。

「ちょっと！　このひとに謝りなよ」

私の呼び止める声に、彼は「ああ？」とこちらを睨《にら》んだ。その視線を遮るように、伊織が割って入る。

ふたりは一瞬にらみ合ったけれど、他の生徒たちに促され宮崎の方がしぶしぶ引き下がった。彼らが去って行ったのを確認し、ほっと胸を撫《な》でおろす。

「君、怪我《けが》はない？」

声をかけた先で、助けた生徒がびくりと肩を震わせた。

「大丈夫……大したことないから」

いったい何があったのか聞いてみたけれど、彼はなんでもないと言い張り話そうとしない。結局ろくに会話もできないまま、逃げるように去って行く背を二人で見送る。

頑《かたく》なに引かれた一線はもやもやとしたわだかまりだけを残し、私は小さくため息をついた。

「なんかこういうことがあると、悲しくなっちゃうよね。こっちはそういうつもりはないのに、壁を作られちゃうのって」

特進クラスだろうが、同じ青藍生には変わりないのに。柳星と話したときも感じたけれど……生まれや身分、性別、学校、成績——一体なにを基準にしたら、私たちは同じ立場になれるんだろう。そもそも同じ人間なんていないのに、違いにフォーカスしてなんの意味があるんだろう。

そう考えたところで、はたと気づく。

「……そっか。東条はいつも、こういう気持ちになってたんだね」

周りから「自分たちとは違う」と一方的に壁を作られ、遠巻きにされて。伊織はそんなことを望んでいなかったのに、私だって以前は彼のことを「他人を必要としてない」って思い込んでいた。

それがどれだけ悲しくてやるせないことか……いざ自分が壁を作られる側になって、やっと分かったということだ。

「もう慣れたよ」

淡々と応えた伊織は、いたたまれない気持ちでいる私に当たり前のように告げた。

「それに今はお前がいるだろう。壁の内側に」

驚いて見あげると、穏やかな微笑があった。まさかそう言ってもらえるなんて想像もしていなかったから、私は嬉《うれ》しさと気恥ずかしさで「そうだね」と頷《うなず》くのがせいいっぱいで。

顔が熱くなるのを隠すように、慌てて来た方向を指さす。

「と、とりあえず休憩に戻ろっか」

「そうだな」

再びベンチに戻った私たちは、やれやれと腰を落ち着けた。休憩開始早々アクシデントがあったけれど、まだ時間は残っている。

今度こそ休息を取ろう——背もたれに身体《からだ》を預けた私の目の前を、見慣れた鉄仮面が通り過ぎていった。

「……あれ。佐久間《さくま》だよね？」

佐久間海里《かいり》が、ひとりで辺りをうろついている。その様子を見て伊織も小首を傾げた。

「仙遊寺《せんゆうじ》の姿が見えないな」

「なんか様子がおかしいよね。どうしたんだろう」

気になった私は、海里を呼び止めてみた。こちらに気づいた彼は、わずかに眉根を寄せて切り出す。

「紀美彦《きみひこ》様の姿が見当たらなくてな。広瀬たちは見ていないか？」

思いもよらない言葉に、私と伊織は顔を見合わせた。

「僕は見てないけど……」

「いつからいないんだ？」

海里の話によれば、公園に入ったところまでは一緒だったそうだ。その後用を足すと言って紀美彦がトイレに向かったあと、行方がわからなくなったらしい。

「トイレにはいなかったんだよね？」

「何度も確認したがいなかった。周囲を捜したんだがこの暗さだしな……紀美彦様は少々方向音痴なところがあるから、迷われていなければいいんだが」

紀美彦にそんな弱点があったとは知らなかったが、それならなおさら心配だろう。私は伊織とうなずき合うと、海里に告げた。

「僕らも一緒に捜すよ」

それを聞いた相手は驚いたように目を見張る。

「……いいのか？」

「いいもなにもクラスメイトがいなくなったんだから、捜すのは当たり前だし」

「広瀬の言う通りだ。他にも声をかけて手分けして捜索しよう」

近くにいた同期生たちに声をかけ、私たちは紀美彦の行方を捜した。けれどなかなか発見には至らず、時間だけが過ぎていく。

いま私たちがいる自然公園はとにかく広く、昼間は芝生で遊んだり、池でボート遊びをしたり、広葉樹の林を散策したりと住民たちの憩いの場になっている場所だ。

けれど夜になると歩道には街灯がついているものの、それ以外は暗がりが多いため人影もあまりない。もし紀美彦が人の目の届きにくい場所に迷いこんでしまっていたら、捜すのも一苦労だろう。

「式を使って捜索するにも、こう範囲が広いとな……」

伊織の呟《つぶや》き通り、闇雲に捜していたら朝になってしまう。さすがに先生に報告して、もっと大掛かりな捜索をした方がいいのかもしれないけれど……大事《おおごと》にしたくない海里の気持ちもわかる。

「ねえ、佐久間って仙遊寺の執事なんだし、居場所が分かるものとか持ってないの？」

「俺の居場所はどこにいても分かるようにしてあるんだが……」

そう呟いた海里は、実習着のポケットから何かを取り出した。形状から見ておそらく小型の霊具だろう。

「これには俺の霊力が込められていて、紀美彦様が携帯されている受信具で感知できるようになっている。これを逆探知して捜せないだろうか」

「う～んそんな高度な技術は僕らじゃ使えないし……東条はどう思う？」

振り向いた先で、伊織はなぜか海里の霊具を凝視していた。

「東条？」

「ん？　あ、いや……なんでもない。確信は無いがこういうものは、そう簡単に逆探知できるような作りにはなっていないんじゃないか」

「やっぱそうだよね……地道に捜すしかないか」

海里と私がため息をついたとき、後方の茂みが突然がさがさと音を立てた。慌てて振り向いたけれど、音のした方は街灯の光が届いておらず真っ暗でなにも見えない。

「今……音がしたよね？」

私の言葉に、海里と伊織が無言でうなずく。まさか妖魔だろうか、この公園は陰陽寮《おんみょうりょう》の結界が張られているからそう簡単に入ってこられないはずだけど……。

息を呑《の》む私たちの前で、茂みの揺らぎはますます近くなってくる。一体何が出てくるのか、身構えた次の瞬間。

ふぎゃーという声と共に、大きな影が飛び出してきた。

「うわあああああ」

「紀美彦様!」

「へっ!?」

よく見たら目の前で息を切らせているのは、紀美彦に間違いなかった。けれどなぜか全身びしょ濡《ぬ》れで、いつもは乱れひとつない長い黒髪は落ち葉やら木の枝やらが絡みついて見る影もない。

そして腕には、どういうわけか猫を抱きかかえていた。

「どこに行かれていたのですか! しかもそのお姿……」

「どうもこうもないよ佐久間。トイレで用を足して戻ろうとしたら、見知らぬ場所に出ていたのだ。歩けど歩けど闇は深くなるばかりで、すぐに僕は罠《わな》に嵌《は》められたと気づいたのだがね」

「いやそれ単に迷っただけじゃ……」

「うるさいよ暴れリス君。話はそれだけじゃない、辺りを慎重に探っていたら妙な鳴き声がするじゃないか」

説明によると、紀美彦はもし妖魔だとしたら見過ごすわけにはいかないと、声の主を探したそうだ。そしてその正体が猫だと気づいたと同時、ばっしゃーんと水しぶきが上がったらしい。

「ああ、猫が池に落ちたんだ！」

「不本意だが、突然現れた僕に驚いて足を滑らせたのだろう」

「なるほど……それで池に入って助けたんだな」

伊織の言葉に、紀美彦は水が滴る髪を振り払いながら渋面を作る。

「僕のせいで溺れ死にでもしたら寝覚めが悪い。不可抗力だよ」

彼の腕から飛び降りた猫は、ぶるぶると身を震わせると恨めしそうな鳴き声をあげた。まるで「そもそもお前のせいだ」と言っているかのようで。

「なんだその目は、助けてやった恩を忘れたのか？」

忌々しそうに猫を睨む紀美彦の顔や腕は、よく見たらひっかき傷だらけになっている。水草が絡みついた実習着はところどころ破けているし、こんなボロボロになっている彼を見るのは初めてで、なんかもう気の毒という感情を通り越して私は噴き出してしまった。

「おい貴様、なぜ笑う！」

「だって、仙遊寺のその姿……もう笑うしかないっていうかさ……！」

「はあ!? 僕がどれほど大変だったか……おい佐久間！」

振り返った先で海里がぷるぷると震えていたが、速攻で鉄仮面に戻り。

「まったくだ。紀美彦様に失礼だぞ」

「絶対今笑い堪《こら》えてたよね？」

「とにかく紀美彦様、タオルを借りてきますのですぐに着替えましょう。傷の手当ても」

「手当てはいい。これくらい自分で治せる」

紀美彦は忌々しそうに術を展開させると、手や顔の擦り傷を癒《いや》していく。

「おお……さすがは仙遊寺だね……！」

浄化術をこのレベルで使えるのは、同期生の中でおそらく彼だけだ。きらきらと目を輝かせる私を見て、彼は気味悪そうな顔をした。

「なんなんだ君はさっきから。僕は見世物じゃないぞ」

「だってさあ……ねえ東条？」

ちらりと見やった先で、伊織も頷いてみせる。

「見事な術だから見入ってただけだ」

「なっ……！　はあ!?」

絶句した紀美彦は、急に落ち着きを無くしきょろきょろし始めた。

「おい佐久間どこに行っていた！」

「タオルを取りに行くとお伝えしたはずですが……」

そそくさと海里の後ろに回った紀美彦は、濡れたせいで半分破けた扇子で口元を隠す。

「紀美彦様？」

「はは早く着替えられる場所に案内したまえ」

海里は首を傾《かし》げつつ、私たちに礼を告げると二人で去って行った。その後ろ姿を、私たちは微笑《ほほえ》ましく見送る。紀美彦に助けられた猫は怪我も無く、一度だけこちらを振り返ってにゃあと鳴き、夜の闇に紛れていった。

「仙遊寺もいい所あるね、池に飛び込んで猫を助けるなんてさ」

私の言葉に、伊織もそうだなとうなずいた。

「あれが本来の姿なのかもな」

「きっと仙遊寺だけじゃなくて、みんな知らない一面を持ってるんだろうね。東条だって番《つがい》になるまで知らなかったことばかりだし」

海里や柳星……燐だってそうだ。

新しい一面を知るたびに、自分がいかに表面的にしか彼らを見ていなかったかを思い知らされる。そのたびに驚いたり、ショックをうけたりするけれど……そうやってズレを調整していくことが理解するっていうことなのかもしれない。

「……広瀬もだろう？」

こちらを向いた黒曜石みたいな瞳に、どきりとする。月光を帯びた伊織のまなざしは、うっかりするとなにもかもを見透かされそうで、思わず視線を逸《そ》らしてしまった。

彼に見せていない〝本当の自分〟があまりに大きくて、なんと答えようか迷ったとき
——集合の合図が鳴った。

「もう時間か……まったく休憩できなかったな」

「い、いろいろあったしね。行こうか」

頭上に昇る満月を一度だけ見上げ、私は駆けだした。

■■

伊織の腕に嵌めた時計が、午前二時を指した。

街の明かりも少なくなり、西の空に傾きだした月は、いっそうその光を際立たせている。

出だしは賑《にぎ》やかだった夜行祭も、深夜を過ぎてくると疲労や眠気からみな口数が少なくなっていた。伊織は隣でうつらうつらしながら歩く名月《なつき》に、声をかける。

「広瀬、大丈夫か」

「……ん？　ああごめん、たぶん寝てた」

歩きながら眠るなんてずいぶん器用だと苦笑しつつ、彼女が自分たちのペースに合わせて歩くのはやはり無理をしているのだろうと慮《おもんぱか》る。

「次の休憩所まであと少しだ」

「がんばる～……」

そう言ったそばから、もう半分目が閉じている。ふらふらしながら歩く様子を見ていると、気が気じゃない。

（……仕方ないな）

名月の手首を摑《つか》むと、自分の方へ引き寄せた。その瞬間、彼女の目がぱちりと開く。

「えっ東条？」

「寝ながら歩いて事故に遭ったら困る」

本当は抱きかかえたいくらいだが、さすがにそれは嫌がるだろうと自重した。手を取ったのだって拒否されればやめるつもりだったが、彼女に抵抗する様子は無いようだ。

しばらくそのまま歩いていると、ふいに呟き声が聞こえてきた。

「……東条はさあ、ほんと優しいよね……」

どきりとして見下ろすと、名月の瞳はやっぱり半分閉じていた。寝言でいっているのかどうにも判別がつかず、伊織はあえて無言で通すことにする。

「もういっつも、迷惑かけちゃって……それなのに……」

ぶつぶつと呟きながら、彼女はにへらと笑った。

「なんでもないって顔するんだから……かっこよすぎるよ……」

ぶわっと顔が紅潮するのが分かった。思わず手首を握る手に力が入り、はっと彼女が顔を上げる。

「ごめん、また寝てた！」

「あ、ああ……」

「僕なんか変なこと言ってなかった？　夢うつつだったからさ」

「いや……問題ない」

そう言うのが精いっぱいだった。夜のおかげでこの顔を見られなくてよかったと、心から思う。

次の休憩所になっている公園に着き、なんとか目を覚ました名月はトイレに行くと出歩いていった。比較的明るい噴水の近くで待っていると、こちらに気づいた柳星が声をかけてくる。

「やっほー。さっきは広瀬貸してくれてありがとね」

「あいつは物じゃないし、俺のものでもない」

淡々と返した先で、柳星は「まじめだなー東条は」と笑っている。

夜行祭が始まる前に、彼から一時間だけ名月を貸してくれないかと頼まれた。本音を言えば嫌だったが、自分に断る権利があるわけでもない。むしろわざわざ許可を取ろうとしている柳星の誠意に応えるべきだと思い、承諾したのだ。

一体ふたりで何を話したのか訊《き》きたいところだが、それを尋ねるのも野暮だろうと我慢していると、意外にも相手の方から切り出してくる。

「広瀬にさ、東条のことが羨ましいって言ったんだよ」

どういう意味かと問う視線に、柳星は猫のような瞳を細めて答えた。

「もし番の相手が俺だったら、広瀬は俺のために怒ってくれるのになって」

「それは違う。あいつは俺が番だから怒ったんじゃない。もし三船が同じ目に遭ったとしても怒るはずだ」

それを聞いた柳星は目を丸くしてから、急に笑い出した。なにがおかしいのだろうと訝《いぶか》っていると、彼はやれやれと嘆息しながら。

「まったく同じことを広瀬からも言われたよ」

「……そうか」

驚きは無かった。名月なら当然そう答えるはずだし、自分だけが特別じゃないことくらい、理解している。

「悔しいけど、広瀬のことはキミの方がよく分かってるね」

そう呟いた柳星の表情はどこか寂しげで伊織が何も言えずにいると、彼は「ああそうだ」とやや声をひそめた。

「そういえばさ、入れ替わってた間、東条は燕と何話してたの？　燕に聞いても、死んだ魚の目するだけだし……なんかヤバいことでもあった？」

「あの時か……」

柳星と交代していた時間は、当然のことながら燕星とペアになって歩いていた。兄と違い燕星の方から話しかけてくることはなかったので、しばらくは伊織も無言で歩いていたのだが。

「ずっと黙っているのも悪いと思ったからな。大した話はしていないが、かわうそとヌートリアの違いについて説明したくらいだ」

「え……まさかずっと？」

「そうだが？」

「東条ってさ……前から思ってたけど馬鹿なの？」

その後まもなくして名月が戻ってきたため、柳星はじゃあねーと手を振って去って行く。

「ただいま～。あれ、柳星いなかった？」

「ああ。ちょっと立ち話していただけだ」

そっかと頷《うなず》いた彼女は、あくびを噛《か》み殺している。放っておくとすぐにでも眠ってしまいそうで、伊織は休憩できそうな場所を探すことにした。

賑やかな生徒たちの集団からは距離を取り、奥まった所に芝生の一帯を見つけると、そこで腰を下ろし身体《からだ》を休める。

「横になっちゃいたいところだけど……そうすると起きられなくなりそうだから我慢しよっと」

そう言いながらも、隣に座った名月は数分もしないうちにうとうとしてきた。

「俺は起きているから、横になればいい」

「んー……」

返事をする間もなく、彼女は座ったまま眠りに落ちてしまう。

「おい広瀬……」

声をかけたが反応は無い。前回の休憩で休めなかったこともあり、ずいぶん疲れているのだろう。

無理に起こすのもしのびなく、どうしようかと思ったところで名月の身体がゆらりと傾いた。慌てて受け止め、安らかな寝息を立てる彼女の顔を見てどきりとする。

広瀬と呼ぼうとする口が、動かなかった。

近くに人影はなく、穏やかな静けさが辺りを包み込んでいる。

伊織は自身に寄りかかったまま眠る名月を、無言で見つめた。月あかりに照らされた寝顔はいつもより繊細に見えて、どうにも目が離せない。

長いまつげは夜露に濡れたように艶《つや》やかで、月光を抱く髪が絹糸のように綺麗《きれい》で——

まるで引き寄せられるように、伊織は彼女の顔をのぞき込んだ。

周囲にあった音は消え、閉じたまぶたが触れるほどに近づいたとき、我に返り顔を逸らす。

(俺は今、何を――)

身体の奥が切ないほどに熱を帯びている。暴れ出しそうな鼓動を抑え込むように、細く長い息を吐く。

きっとこのさえざえとした光を抱く満月が、自分をおかしくしているのだ。

そう言い聞かせなければ平静を保てないほどに、腕から伝わる彼女の温《ぬく》もりが伊織の内を焦がす。

わかっている、この感情は秘めなくてはならない。

名月の覚悟を想《おも》えばこそ、安易に告げられるものではない。

何もかも見透かしそうな月光に抗《あらが》うように、伊織は虚空をにらみ続けた。吐息とともに吐き出した熱は、人知れず夜の静寂に紛れていった。

■■

二回目の長い休憩が終わり、私は幾分すっきりした頭で最後の道程を歩いていた。

真っ暗だった空は少しずつ白み始め、朝が近いことを知らせてくれる。

目的地の睡蓮《すいれん》の丘は、ゆるやかな丘陵地になっていて、ふもとには大きな池が広がっている。そこに自生している睡蓮が、太陽が昇ると共に開花するんだそうだ。

ゴールを示す東屋《あずまや》にたどり着いた私は、めいっぱい伸びをして叫んだ。

「やっと着いたー！」

途中記憶が怪しい所があるけれど、伊織のフォローもあってなんとか踏破した。嬉《うれ》しさのあまり疲れも忘れてはしゃいでいると、先に到着していたらしい三船兄弟が言い合っている。

「最後が登りってどう考えても嫌がらせだろ……来年は絶対サボるからな」

うんざりした顔で息を切らせる燕星の隣で、柳星が信じられないといった顔で言いやる。

「えーでも楽しかったじゃん？　普段あんま話さないやつとも話せたしさ」

「陽キャは黙ってろ」

少し遅れて到着してきた紀美彦と海里は、公園での姿が嘘《うそ》のように普段通りだ。

「紀美彦様、足の方は大丈夫ですか。だいぶお疲れになったでしょう」

「この程度どうということはないよ、佐久間。あ痛っ！……なんでもないと言っているだろう、なんだその目は」

「術で回復しないほど足のマメが潰れ続けているのでしたら、絆創膏《ばんそうこう》をお持ちしますが？」

離れたところでは、燐がパートナーと談笑しているのが見えた。ちゃんとたどり着けたのだと、内心でほっとする。

「ねえ、東条。日の出ってもうすぐかな？」

空と時計をちらりと確認した伊織は、そうだなとうなずいてみせた。

「もうあと五分もすれば、朝陽《あさひ》が昇り始めるはずだ」

その言葉通り、東の空の境界線が明るくなり始め、藍色だった空が群青色になり、青から淡い水色、そしてクリーム色から淡い橙色《だいだい》へとグラデーションに染まってゆく。

そして光が見えたと思った刹那、まばゆいほどの朝陽が私たちを包み込んだ。足元に広がる池の水面はきらきらと輝き、睡蓮たちが太陽の光で目覚めるように、開き始めている。

「綺麗だね……」

「ああ」

放射状に開いた花弁はつんと誇らしげで、新しい夜明けを祝福しているみたいで。

朝焼けに彩られた世界を、私たちは呆《ほう》けたように見つめていた。一日の始まりがこんなにも特別に思えることなんて、たぶん一生のうちに何度も無いだろう。

ふと隣を見ると伊織もこちらを見ていて、ふたりして微笑《ほほえ》み合う。

白い睡蓮の花が、やわらかな風に揺れている。

みなで見たこの景色を、私は忘れないでいようと思った。

七　舞踏会への招待状

青藍《せいらん》学園は前期（四〜七月）と後期（九〜三月）の二期制になっていて、各期間中に小規模なテストが数回、陽月《ようげつ》の課題は年間通して壱〜陸《ろく》の計六回、そして各期の最後には大きな考査がある。

日々の授業などで積み重ねた評価や、陽月の課題での成績はもちろん大切なんだけど、期末考査を失敗するとその年の挽回《ばんかい》は難しくなってしまう。それくらい、私たちにとって大切なものだ。

だから期末考査を意識し始める前の時期は、学園生にとってつかの間の小休止としてイベントが挟まれているんだけれど……。

「ダンスパーティーかあ……」

全校生徒に配られた学園主催の舞踏会を告知するプリントを、私はしかめ面で眺めていた。

青藍学園には紅牡丹《べにぼたん》学園という姉妹校があって、毎年二校が合同で大規模なダンスパーティー——藍紅《らんく》舞踏会——を開催している。紅牡丹学園は女子校なんだけれど、青藍とは違って入学できるのは華族や富裕層の子女のみ。要は青藍を含めた有力子息たちの花嫁候補を育てる学校だ。

舞踏会はそんな子息・子女の出会いの場であり、毎年パーティーを通していくつもの良縁が結ばれてるとかなんとか。

（まあ私には関係ない話だけどね……）

数少ない女の子と接触できる機会とあって、学園内はすっかり浮き立っている。けれど私は去年の藍紅舞踏会も適当に理由をつけて欠席したし、今年もそうするつもりだ。

というのも、このパーティーは学園生だけでなく帝都内にある華族の子息や子女にも招待状が配られることになっている。そうなると兄の友人や知り合いが参加してくる可能性が高いから、うっかり鉢合わせして偽者だとバレてしまったら目も当てられない。

本当は、ちょっとだけ参加してみたい気持ちもあるけれど……。

ちらりと見やった先で、伊織《いおり》もプリントに視線を落としていた。

（そういや東条《とうじょう》の礼装って見たことないな……）

青藍学園は士官学校というだけあって、学園生には専用礼服が支給される。普段の制服とは違って、飾緒や刺繍《ししゅう》が施された青藍礼服は他校の学生たちにも人気なんだとか。

あれだけ見目の良《い》い彼が礼装すると、さぞかし見栄えがするんだろう。スマートにエスコートする伊織の手を取って、踊る自分の姿を想像して――

（いや何考えてるの私）

はたと我に返ると同時、彼の視線がこちらを向いて心臓が跳ねる。

「どうした？」

「え⁉ な、なんでもないよ～あはは」

「？ おかしな奴だな」

ふっと微笑む伊織から、逃げるように目を逸《そ》らす。近頃はどうにも彼の顔を直視できないことが増えていて、少々困っていた。

最近の伊織は、私に対する言葉も態度も妙に優しい。いや元々優しかったんだけど、なんというか……甘いのだ。

（でも私の自意識過剰かもしれないし……）

朝が弱い私を毎朝起こしてくれるのも、何かと体を気づかってくれるのも、私の好きなお菓子を買ってきてくれるのも、番《つがい》だからといえばそんな気もするし。

ここのところ彼に優しくされるたびに、そんな自問自答を繰り返している。

（あーもうしっかりしなきゃ）

そもそも私がこんなことを悩んだって、なんの意味も無い。青藍学園の生徒である以上、満月《みつき》としての感情は捨てると決めたのだから。

煩悩を振り払うようにぶんぶんとかぶりを振っていると、頭上から声が降って来た。

「なにやってんの、広瀬《ひろせ》」

顔を上げると、柳星《りゅうせい》の猫のような瞳が楽しそうにこちらを見下ろしていた。その後ろには燕星《えんせい》の姿もある。

「昼飯、俺たちといく？」

「あ、そうだね。東条は……」

「俺は後から行く。日下《くさか》教官に呼ばれてるから」

すんなりと応じた伊織に、感慨深さを覚える。ちょっと前までの彼なら、黒いオーラを放って柳星を牽制《けんせい》していたのに。

ここ最近は柳星たちが同席していても不機嫌になることはなくなったし、なんなら今日みたいに別行動も許してくれるようになった。一体伊織の中で、どういう心境の変化があったかはわからないけれど……ストレスの種が無くなったのはいいことだ。

双子と一緒に食堂へ行った私は、昼食を食べながらふと問いかける。

「そういや柳星と燕星は舞踏会どうするの？」

「んー俺はパスかな。ああいう堅苦しい場、苦手だしね」

「そもそもダンス踊れない」

「そっか……。二人とも礼装したら映えそうだから、勿体《もったい》ない気もするけど」

伊織とはまた方向性が違うけど、二人の中性的に整った容姿はきっと目立つだろう。人見知りが激しい燕星はともかく、柳星なら舞踏会の主役にだってなれそうなのに。

「そう？　広瀬が見たいってんなら、考えなくもないよ？」

「えっ？　あ、でも僕も欠席するかもしれないし」

あははと適当にごまかしていると、食堂の入り口に伊織が現れた。ここだよと合図すると彼は歩み寄ってきたけれど、なんとなくいつもと違う様子が気にかかった。

「遅かったね。日下先生なんの話だったの？」

「ああ……実家のことでちょっとな」

多くは語らない彼に、柳星がフォークで林檎《りんご》を突き刺しながら尋ねる。

「東条ってさ、実家の親とうまくいってんの？」

「まあ今のところは」

「そ。よくやるね、形だけの親に対してさ」

歯に衣着せぬ物言いに、私はぎょっとなる。最近の彼は伊織ともよく話すようになっていて、それ自体は喜ばしいことなんだけれど。

何かと出てくる切れ味鋭すぎる言動に、はらはらさせられることもしばしばで。

「仙遊寺《せんゆうじ》もそうだけど、一族の期待を背負うっての？　俺はムリ」

「柳星、東条は」

慌てて声をあげた私に、柳星はわかってると笑んだ。

「逃げようたって逃げられないんでしょ？　俺も燕も自分の意思でここに来たけど、そうじゃなかったらしんどいだけじゃん。命懸けてんだから」

その言葉に、柳星は（言い方はアレだけど）伊織を慮《おもんぱか》ったのだと気づいた。同時に、燐《りん》の告白を思い出して胸が痛む。

学園生でいる間は忘れがちだけれど、陰陽寮《おんみょうりょう》に入って国防を担うのは、常に危険と隣り合わせになるということだ。

実際に国家陰陽師となって妖魔と戦い、命を落とした卒業生たちも少なくない。だからこそ、この学校はいつどんな時でも実力主義を貫いているし、相応の覚悟を持って入らなきゃならないのだから。

「確かに最初は、家の都合で入学させられたが。少なくとも今は自分の意思でここにいるよ」

伊織の言葉に柳星は「ならいいけど」と頷《うなず》く。

「ま、それくらいじゃなきゃ俺たちには勝てないよ。ね、燕？」

「個人成績でこいつらに勝てたことないのにイキるとか恥ずかしいからやめろ」

「うーん燕はそのマイナス思考なんとかしよっか」

「柳のうざプラス思考に毎日つき合ってるんだから差引ゼロだが？」

双子のやりとりが面白くて、私はつい噴き出してしまう。

「もう、ほんと二人って仲がいいよね」

「あんたの目は節穴か……？」

燕星の胡乱《うろん》な目に笑いながら「東条もそう思うよね？」と振り向くと、彼は心ここにあらずと言った様子で反応が無い。

「東条？」

「……え？　ああ、悪い。考え事をして聞いていなかった」

「ああいや、大丈夫だけど」

もしかして実家のことだろうか……と思ったけれど、聞くことはできなかった。なんとなく「触れないで欲しい」という雰囲気を感じ取ったから。


その日、夜になっても伊織の様子はなんだかおかしかった。

珍しく実習でミスをしたり、私と自主練をしているときも、口数が少なかったり……。

思い切って何か悩んでいるのか訊《き》いてみたけれど、「なんでもない」という答えが返ってくるだけ。だから私もそれ以上は踏み込めずにいた。

（誰にだって言いたくないことはあるもんね……）

私も伊織に絶対言えない秘密があるのだ。なんでも話してほしいと思うのは、身勝手だってことも分かっている。

仕方なく彼のことはそっとしておいて、明日の予習をして寝よう……と机に向かっていると、しばらくして頭上から声が降って来た。

「広瀬、また髪を濡《ぬ》れたままにしてるじゃないか」

「えっ。ああ面倒臭くて……。そのうち乾くかなって」

「駄目だ。風邪を引いたらどうする」

「はーい……」

渋々洗面所に連れて行かれた私の髪を、伊織はドライヤーで乾かし始めた。自分でやると言っても大抵無駄なので、最近はされるがままだ。

(髪を触られると眠くなるんだよね……)

子どもの頃にお兄ちゃんが乾かしてくれていたときも、いつも途中で寝てしまって笑われていたっけ。

伊織の手つきが優しくて、ドライヤーの温かさも相まって……次第に私はうとうとしてくる。夢心地の耳に、彼の呟《つぶや》く声が聞こえて来た。

「広瀬の髪は柔らかいな」

「ん……そう？」

「ずっと触っていたくなる」

一瞬で目が覚めた瞬間、ドライヤーの音が止まった。なぜか沈黙したままの伊織を振り返ると、黒曜石みたいな瞳がこちらを見つめている。

微動だにできない私の髪を、彼の指先が軽くすいて――

「終わったぞ」

それだけ告げて、伊織は洗面所を出ていった。早鐘を打ち続ける鼓動と顔の熱さで、しばらくその場を動けない。

（なに、今の……）

なぜだかわからないけれど、彼から目が離せなかった。まるでその視線に囚《とら》われてしまったかのように。

何度か深呼吸して平静を取り戻してから、そろそろと洗面所を出る。机の前に腰かけている伊織は、先ほどのことなど無かったかのように尋ねてきた。

「広瀬は舞踏会どうするんだ？」

「あー……まだ決めてないけど。東条は出るんだろ？」

彼は視線を手元のプリントに移し「まあな」とだけ返した。

「だよね。学年首席がいないなんて青藍的にも格好つかないし」

「それを言うならお前も次席だろう」

「うっ……でも僕なんてしがない末端華族だし。東条とはわけが違うよ」

伊織はどこか上の空で「そうかもな……」と呟いた。その様子がやっぱり気にかかったけれど、あまり舞踏会について話を広げたくなかったので、仕方なく話題を切り上げる。

（欠席の理由、考えておかなくちゃ）

去年は親戚の具合が悪いことにしたけれど、今年も同じ手を使うのは避けたい。

直前になって風邪を引いたことに……いや、伊織が看病するとか言い出しそうだからやめておこう。下手な手は使わず、外せない用事があることにするのが無難だ……などという私の作戦は、実家からの連絡で急転することになった。


翌朝、登校前にかかって来た母からの電話に、私は思わず訊き返していた。

「……え、私に招待状が来たの？」

電話の向こうで母が『ええ』と返事する。聞けば私——広瀬満月宛に、藍紅舞踏会の招待状が届いたという。

「で、でも去年は来てなかったよね？」

『あの時は参加年齢に達していなかったからじゃないかしら』

母の言葉にそうかと合点《がてん》がいく。私はこの学園に入る時に年齢をごまかしているから、実際の年齢は同期生よりひとつ下の十六歳。

去年はまだ、パーティーに招待される年齢ではなかったのだ。

母に参加をどうするか尋ねられ、私は迷った。広瀬名月《なつき》として毎年欠席することすら、怪しまれてもおかしくないというのに。妹の満月まで欠席を繰り返すようになったら、広瀬家が訳ありだと周囲にアピールするようなものだ。

（かといって、ドレスの準備をする暇なんか無いし……）

舞踏会当日だって、一度実家に帰って身支度する時間なんて無いだろう。その直前まで私は「広瀬名月」でいなければならないんだから。

ならいっそ『名月』として舞踏会に出て、『満月』を欠席にしたほうがいいのか——そう考えてみて、いやと否定する。満月として出席した場合、もし名月だと疑われても妹だと言えば（嘘《うそ》ではないし）なんとかなりそうだ。けれど名月として参加して兄の友人と鉢合わせしてしまったら、一巻の終わりだ。

（やっぱり満月として出席するしかない）

問題はどうやって参加するためのハードルをクリアするか……考えを巡らせた私は、いったん母に返答を待ってもらうよう伝えた。

『分かったわ。私たちにできることはある？』

「ううん、大丈夫。こっちでなんとかするから」

そう告げると母は一瞬沈黙してから、少しだけ声のトーンを落とした。

『……満月、そっちの生活はどう？』

「楽しくやってるよ」

『本当に？』

「嘘じゃないってば。もうちょっとで首席になれそうだから心配しないで」

努めて明るく伝えても、母の声音には心配と不安がにじんでいる。しぶしぶ承諾してくれたとはいえ、私が男子校にいることを今でも納得はしていないんだろう。

『くれぐれも体には気をつけてね。あなたは女の子なんだから』

念を押すような、懇願にも近いような口調に、私はわかってるよと返して通話を終えた。

母の気持ちが分からないわけじゃない。けれど今の私に立ち止まるという選択は無いし、伊織と番《つがい》になってから、首席を取りたいという気持ちはますます強くなっている。

（もう少しわがままを許してね……お母さん）

広瀬家の再興が、叶《かな》う日までは。

誰もいない談話室で再び通話画面を立ち上げた私は、目当ての番号を探し出し小さく深呼吸する。通話ボタンを押し数コールのあと出た相手は、こちらが何か言うより先にまくしたてた。

『満月？　満月よね？』

「うん、久しぶり更紗《さらさ》」

『ああ……やっと連絡取れた……！　もう、ずっと心配してたんだから！』

久しぶりに聞いた私の親友——尾藤《びとう》更紗の声に、つい頬が緩む。

「ごめんね、急に連絡して」

『そんなのいいから。どうしたの、青藍で何かあったの？』

一年以上も音信不通でいた不義理を責めるでもなく、前のめりに問いかけてくる彼女に胸が温かくなった。私が兄の代わりに青藍に行くと告げた時、誰より怒って反対したのに、こうして今も気にかけてくれている。更紗はいつだって、こういう人だ。

「ちょっと相談したいことがあって……どこかで会えないかな」

『もちろんよ、私だって満月に会いたいもの。今日の放課後でいい？』

「え、いいの？」

『当たり前よ。外出許可を取っておきなさい、迎えに行くから！』

その宣言通り、放課後の青藍学園の前には、黒塗りの高級車が何台も停《と》まっていた。なにごとかと学園生たちが見守る中、隊列中央の車から一人の少女が出てくる。

「おいあの制服、紅牡丹じゃないか？」

「ほんとだ。凄《すご》い美人だな……」

同期生たちがざわつく中、紅牡丹学園を象徴する真紅の制服に身を包んだ少女は、艶《つや》やかな黒髪を流しながらこちらに向かって歩いてきた。

その堂々とした姿はちっとも変わってなくて、嬉《うれ》しさのあまり呼びかける。

「更紗！」

こちらに気づいた彼女は嬉しそうに両手を広げ、駆け寄ってきた私を抱きしめた。

「もう、心配したんだから……！」

「ごめん、ごめんね」

「いいのよ。元気そうでよかった」

凛《りん》と微笑《ほほえ》む更紗に、涙腺が緩みそうになる。親友との再会があまりに嬉しくて、しばらく余韻に浸っていた私たちはいつの間にか人だかりができていることにも気づいていなかった。

「……広瀬、その子は？」

かけられた声にはっと周囲を見渡すと、柳星の驚いた顔があった。その隣には目を丸くする燕星や伊織の姿もある。

「え、もしかして彼女？」

「ちっ違うよ！　更紗は僕の大事な友だち」

「にしては、ずいぶん親密そうだけどな」

燕星のしれっとした呟きに、更紗があらと微笑みながら私に頬を寄せた。

「そうよ。私たちとっても親密な友だちなの」

おおとどよめきが起き、「可愛《かわい》い顔して意外とやるな広瀬……」などという声があちこちから聞こえてくる。

「さ、更紗……！」

「これくらい牽制《けんせい》しておかないと。あなたは狼《おおかみ》の群れのなかにいるんだから」

そう耳元で囁《ささや》いた更紗は颯爽《さっそう》と私を車に乗せると、運転手に出るよう命じた。その直後、前後にいた車の隊列も動き始める。

「相変わらず、すごい厳戒態勢だね」

「お父様ったら、大げさなのよ。おちおちお茶もできないんだから」

やれやれとため息をつく彼女に、苦笑を返す。豪商の娘である更紗は、幼い頃何度も誘拐されかけたことがあるそうだ。

そのせいで娘を心配した両親は、常に彼女に護衛をつけているんだけど……。紅牡丹学園に入学するために親元を離れてからは、さらに数が増えたようだ。

到着したのは、郊外の落ち着いたティーラウンジだった。

会員制でここなら秘密も漏れないから、と更紗は目配せする。何も言わなくても彼女はこういうことに気が利く。

淹《い》れたての紅茶に杏《あんず》ジャムを落としながら、更紗はこちらを窺《うかが》った。

「それで満月、相談したいことって？　青藍で何かあったんでしょう？」

「あ、ううん。トラブルがあったとかじゃないの」

「ほんとうに？」

こくりと頷《うなず》く私を見つめながら彼女は紅茶に口をつけ、ため息を漏らした。

「満月が男子校に入るなんて……私は今でも反対よ。いつ何が起きるかわかったものじゃないわ」

「大丈夫だよ。先生もクラスメイトもいい人ばかりだし。番ともうまくやれてるから」

「……番？」

怪訝《けげん》な声にはっとなる。しまった、更紗にパートナー制の話はしてないんだった。

うっかり口をすべらせた私の焦りを彼女が見逃すはずもなく。容赦ない追及に渋々内容を話すと、更紗のアーモンド形の瞳が大きく見開かれた。

「なによそれ。じゃあ今は燐じゃなくて番の相手と寮が同室ってこと？　危険すぎるでしょ！」

「や、でも相手は凄くいい人だから」

「そんなのわからないじゃない。女の子だって気づかれた瞬間、襲われるかも」

「東条はそんな人じゃない」

強く言い切った私に、更紗は驚いたように息を呑《の》んだ。

「ご、ごめん。でも本当に彼のことは人として尊敬してるから」

「……そうね。ちょっと言いすぎたわ」

彼女は素直に詫《わ》びると、困ったように眉を下げる。

「でもね満月。あなたはちょっと純粋過ぎるところがあるから……気が気じゃないのよ」

「わかってる。心配かけてごめんね」

更紗とは中学の入学式で出会った。

ひときわ目立つ彼女を最初は遠くから見ていたんだけど、いざ話してみれば貧乏華族と豪商の娘という違いなんてまるで気にならないくらい、私たちは気が合った。一緒に過ごした二年間で共有してきた思い出や感情は、今でも色濃く私の中に根づくかけがえのないものだ。

そんな彼女が紅牡丹学園に入学する予定だと聞いたときは、驚いたけれど納得もした。

尾藤家は裕福ではあるものの、爵位はないため華族令嬢がほとんどを占める紅牡丹では何かと苦労も多いだろう。けれどしっかり者で気が強く、何より器量が良い更紗ならやっていけると思った。

まさかその姉妹校に、自分が入学することになるとは思いもよらなかったけれど。

青藍に入ってから更紗と一年以上も音信不通だったのは、私の入学に彼女が最後まで反対していたことが大きい。たとえ認めていなくても、安易に連絡を取れば優しい更紗はきっとあれこれ気にかけてくれるだろうし、私も彼女に甘えてしまう。

だからどうしてもという状況にならない限り、連絡を取らないと決めていたのだ。

スコーンにクロテッドクリームを塗りながら、私は本題を切り出した。

「実はね、今度の藍紅舞踏会のことなんだけど……更紗は当然参加するよね？」

「ええ。正直面倒だけれど、お父様に念を押されてるから」

更紗らしい言いぶりに苦笑が漏れる。美人で気立ての良い彼女に舞い込む縁談は数しれず、きっと舞踏会でもダンスの申し込みは引く手あまただろう。

当の本人は自身の縁談に興味がないらしく「どうせ親の決めた相手と結婚するしかないんだから」と他人事《ひとごと》だけれど。

「私は欠席するつもりでいたの。万が一お兄ちゃんの知り合いに会ったら困るし」

「確かに、正体をバラしにいくようなものよね」

「ただ満月の方にも招待状が来ちゃって……」

事情を説明すると更紗はなるほどと頷いてから、やたらと嬉しそうに瞳を輝かせた。

「そういうことなら任せて。広瀬満月として、あなたがパーティーに参加できるよう全面的に協力するわ」

「本当にいいの？」

「もちろんよ。やっと満月が頼ってくれて私嬉しいんだから。めいっぱい可愛くして乗り込みましょ！」

「えっと、別に目立たなくてもいいかな……？」

同期生と鉢合わせするのはできるだけ避けたいし、むしろ壁の花でやり過ごしたい……

という私の意見はあっさりと却下される。

「何言ってるのよ。舞踏会で富豪の息子に見初められたら、男子校にいなくてもよくなるんだから。そうと決まればドレスの採寸よ！」

「い、いやドレスは更紗のお下がりを貸してもらえたらいいから」

「駄目よ。満月に私のドレスは似合わないわ」

こちらを睨《にら》み据える更紗の目が怖い。これは言う通りにしないと許してもらえないやつだ――私は早々に、白旗を上げた。

その後みっちりとドレスやヘアメイクの打ち合わせが行われ、ようやく学園に帰り着いたときは門限ぎりぎりになっていた。

見送りに車から降りてきた更紗に別れを告げ、門をくぐろうとしたとき、人影があるのに気づく。

「……東条？」

「ようやく帰ってきたか」

私を認めた伊織がほっとした表情で歩み寄ってきた。

「帰ってこないから心配したぞ」

「ごめん遅くなって。……もしかしてここで待っててくれたんだ？」

「え？　あ、いや……近くで用事があったからついでにな」

視線を泳がせる彼にちょっとどぎまぎしていると、背後から声が飛んできた。

「あらずいぶん過保護なのねえ」

「更紗!?」

車に戻っていったはずの彼女が、いつの間にか私の肩越しに顔を覗《のぞ》かせている。

私と伊織を見比べた更紗は、まっすぐに伊織を見つめ単刀直入に問いかけた。

「あなたがこの子の番《つがい》？」

「そうだが……」

「お名前を聞いてもよいかしら？」

遠慮のない質問に伊織は面食らっているようだったけれど、素直に答えてみせた。

「東条伊織だ」

「東条って……もしかしてあの東条財閥の？」

私がうなずくと更紗は驚いた様子で息を吞んでいたけれど、我に返ったのか改めて伊織に向き合う。

「私は尾藤更紗。みつ……名月とは中学の時からの親友よ」

「ああ。広瀬が世話になったな」

更紗は黙り込んだまま、あからさまに伊織を眺め回していた。初対面の相手に対してずいぶん失礼な態度にもかかわらず、彼は不快そうな様子は見せず見守っている。

「あの……更紗」

「ふうん。思ったより悪くはないわね」

鼻から息を吐いた彼女は、私をちらりと見てから再び伊織に向き合った。

「この程度で苛立《いらだ》つような器じゃないようだし。み……名月のパートナーとしてひとまず合格よ」

「ちょっと更紗ってば！」

伊織に何を言うのだと焦る私に構わず、彼女はさらに言い募る。

「覚えておいて。この子は素直で家族想《おも》いで、呆《あき》れるくらい頑張り屋なの」

「そうだな。知ってるよ」

穏やかにうなずく彼に、更紗は「なら」とどこか切実めいた調子で問うた。

「なにがあっても裏切ることはしないわよね？」

一瞬の沈黙が、場の空気を緊張させたように思えた。伊織の黒曜石みたいな瞳は更紗を捉えたまま、微動だにしない。

「もちろんだ」

静かに、けれどはっきりと言い切った彼を、更紗はじっと見据えていた。

二人の表情は真剣そのもので、間に入れるような空気でも無く。結局私は、更紗が「じゃ、私帰るわね」と笑いかけてくるまで何も言えなかった。

寮に戻った私は、伊織に改めて謝った。

「さっきは更紗がごめん。彼女ちょっと心配性なところがあるから」

こちらを振り向いた彼は私の頭をぽんとやる。

「気にしてない」

「……本当？」

「いい友達じゃないか。大事にするべきだ」

ふ、と目元を和らげる彼を見ていると、ほっとすると共に胸の奥が温かくなった。私の親友がどういう人か、ちゃんと見てくれたんだって嬉しかったから。

「更紗ってね、中学の頃からいつも綺麗《きれい》で堂々としててさ。ずっと憧れてたんだ」

私は彼女との思い出話をあれこれと語った。伊織にとっては退屈な話かもしれないと思ったけれど、彼はそんな素振りもなく耳を傾けてくれている。

「今でも忘れられないのが、更紗に告白しようとした男子が僕に取次を頼んできたことがあってさ。仕方なく応じたら『私の親友をそんなことに使うような男は許さない』って激怒しちゃって。その男子に三時間も説教するもんだから大変だったよ」

「そうか………………俺も気をつけよう」

「ん？　何か言った？」

伊織はいやとかぶりを振ってから。

「今日は久しぶりの再会だったのか？」

「うん。しばらく会ってなかったから、凄《すご》く楽しかった」

「そうか。よかったな」

そう言って微笑《ほほえ》む彼はいつの間にか普段の調子に戻っていて、私は少し安心した。昨日おかしかった理由は気になるところだけど……本人が何も言わない以上、そっとしておくしかないんだろう。

就寝前に母へ満月としての舞踏会参加を伝え、ベッドにもぐりこんだらあっという間に眠気が襲ってきた。

つい昨日までは舞踏会参加なんて、考えもしなかったのに……あれこれと不安が湧き上がる一方で、少しだけ楽しみにしている自分もいて。

まどろみのなか、ドレスを着たリスが顔の見えない王子様とくるくる踊る夢を見ていた。

八　Shall We Dance?

更紗《さらさ》との再会から、あっという間に二週間経《た》ち。

いよいよ藍紅《らんく》舞踏会の日がやってきた。

広瀬名月《ひろせなつき》は当初の予定通り『外せない用事がある』と欠席を決め、早々に寮を出た私は更紗と合流していた。彼女が用意してくれた会員制サロンで身支度を整え、満を持して『広瀬満月《みつき》』として会場へ向かう。

「き、緊張する……」

更紗が手配してくれた車の中で、私はがちがちに固まっていた。綿密に打ち合わせていただけあって、今のところ計画に綻びはない。

それでも慣れない舞踏会への参加は、やっぱり気持ちが落ち着かない。

「大丈夫よ、胸を張りなさい。今の貴女《あなた》は立派なレディなんだから」

そう言って目配せする更紗は、華やかな深緋《ふかひ》色のドレスが眩《まぶ》しいくらいに似合っていた。

対する私が身に着けているのは、彼女が見立ててくれた淡い水色のドレスで……鏡を見るたびに、なんだか自分じゃないみたいで。

美意識の高い更紗の紹介だけあって、私に施された素晴らしいヘアメイクは、名月としての面影をほとんど消してくれていた。

これなら同期生たちに会っても、バレないだろう。万が一名月と疑われたところで、妹だと言えば問題ない……そう言い聞かせ、なんども深呼吸をする。

そうこうしている間に会場に着き、車から降りた私たちは入り口で受付を済ませると中へ進んだ。ホールに足を踏み入れた瞬間、煌《きら》びやかなシャンデリアに思わず目がくらむ。

「凄い人……！」

帝都随一のダンスホールは、着飾った男女で溢《あふ》れかえっていた。

ちらほらと見知った顔はいるものの、青藍《せいらん》学園生は専用礼服を着ているため接触を避けやすいだろう。そもそもこれだけ人が多ければ私の存在も埋没するし、それほど気を張らなくても大丈夫そうだ……ほっと胸を撫《な》でおろすと同時、緊張もやわらいでいく。

開会の挨拶が述べられたあと、更紗が申し訳なさそうに切り出してきた。

「満月。悪いんだけど、私紅牡丹《べにぼたん》の関係者に呼ばれてて」

「ああうん！　私のことは気にしないで行ってきて」

「ありがとう。帰りは満月専用で車を待たせてあるから、遠慮なく使って」

更紗を見送った私は、適当なところで時間を潰そうと会場内を移動し始めた。既にあちこちで男女の駆け引きが始まり、浮き立った雰囲気に呑まれながら歩いていると、前から来た人とぶつかりそうになる。

「あっすみません」

「いや、こちらこそ」

この声はまさかと顔を上げた瞬間、目の前に立つ人物と目が合った。こちらを見つめる黒曜石みたいな瞳が、見開かれる。

（東条《とうじょう》……！）

礼装姿の伊織《いおり》が、驚いたようにこちらを凝視していた。いつもと違う髪形や衣装のせいで、今日の彼は眩しいくらいにかっこよくて――

（いやいや！　見とれてる場合じゃない）

我に返った私は淑女らしくお辞儀をしてから、平静を装って微笑んだ。

「申し訳ありません、前をよく見ていなくて」

「……あ、ああ。こちらも失礼した」

「では、私はこれで」

逃げるようにその場を離れながら、生きた心地がしなかった。伊織が後を追ってくる気配はなく、ひとまず胸を撫でおろす。

（ばれてない……よね？）

これだけ人が多ければ、大丈夫だろうと思っていたのに。開始早々最も会いたくなかった相手と鉢合わせするなんて、運が悪いにも程がある。

軽いめまいを覚えながら、私は隅の方に移動した。今後はとにかく目立たないようにして、やり過ごそう。

そう思っていたのもつかの間、気がついたら数人の男性に囲まれていた。

「そのドレスよくお似合いですね」

「え? あ、ありがとうございます」

「可愛《かわい》らしい方だ。紅牡丹に通われてるのですか?」

「いえ……違います」

次々に声をかけてくる男性たちに、私は弱り切っていた。男子と話すなんて慣れっこのはずなのに、女性として扱われているとどうもうまく話せない。

しどろもどろに答えていると、ひとりの男性がにこりと笑んで手を差し出した。

「よかったら、踊ってくれませんか」

「えっ……でも私ダンスが下手で」

「大丈夫ですよ。僕がリードしますから」

どうすればいいか、私は迷った。できるだけ目立ちたくはないけれどここで断るのもおかしな話だし、不審がられるのはもっと困る。

差し出された手を仕方なく取ろうとしたとき――突然誰かに手首を摑《つか》まれた。

「きゃっ」

ふいうちに声を上げ振り向いた先で、伊織が無言で私の手を掴んでいた。唖然《あぜん》とする私の隣で、周囲にいた男性たちが血相を変える。

「おいあれ東条財閥の」

「まさか彼女は東条の……？」

伊織に睨まれた男性たちは、そそくさとその場を去っていく。残された私はどうすればよいかわからず、黙り込んだままの彼におずおずと声をかけた。

「あの……手を」

放してと言うより早く、伊織が口を開いた。

「俺と踊ってくれないか」

思わず見上げると、彼はどこか切実めいた表情でもう一度言った。

「君が誰だか知らないが、俺と踊って欲しい」

本当は断るべきだったんだろう。

伊織と踊るということは、会場中の注目を集めるようなものだ。けれど私は危険を冒すと分かっていても、差し出された手を取ってしまった。

私の心がそうしたいと、強く想ってしまったから。

伊織に手を引かれホールの中央に歩み出ると、周囲が息を呑《の》むのが分かった。浴びせられる視線に一瞬ひるんだ私に、彼は耳元で囁《ささや》く。

「俺だけを見ていて」

見上げた先で、凛々《りり》しく整った微笑があった。ちいさく頷《うなず》いた私の腰に彼はそっと手を添え、流れるように曲に乗る。

伊織のリードに導かれながら、私たちは踊った。

ダンスをするなんて久しぶりで足取りはおぼつかなかったけれど、彼はそんな私に上手《うま》く合わせてくれている。その動きは相変わらずスマートで、指先の動きまで無駄がない。私をいざなう伊織の手つきはひどく優しかった。繊細なものに触れるような息づかいが伝わるたびに、胸の奥が甘い熱を帯びる。

ひとつステップを踏むたびに、ドレスの裾が花びらのように舞って。

彼に引き寄せられるたびに、胸の高鳴りがまなざしを彩る。

慣れてくるとだんだん余裕もでてきて、楽しくなってきて。ふと見上げると伊織の穏やかな目に見つめられていた。はにかむように微笑むと、相手も微笑む。

嬉《うれ》しくて、気恥ずかしくて、心地よくて。

周りの視線も喧噪《けんそう》もいつの間にか消え去って、まるで私たちだけしかいないみたいだった。

（もっと彼の瞳に映っていたい）

　このひとときが、永遠に続けばいいのに――

　そんな儚《はかな》い願いは、曲の終わりとともに霧散していく。離れがたい想《おも》いに駆られる私の耳に、現実に引き戻す声が届いた。

「東条と踊っている令嬢は誰だ？」

「見たことないわ……まさか婚約者？」

「どこの家のかたかしら」

　周囲のざわめきが大きくなり、我に返った私は慌てて伊織から離れた。何事か言おうとする彼にお辞儀をし、口早に告げる。

「とても楽しかったです。では」

「待ってくれ」

　呼び止める声も聞かず、逃げるようにホールの出口へ向かった。何人かに声をかけられたけれど、決して振り返ることはなく会場をあとにする。

　人目を避けて迎えの車に乗り込んだ私は、震えるように吐息を漏らした。いまだ残る熱と胸の高鳴りを抑えきれず、顔を覆いシートにうずくまる。

（どうしよう、嬉しくてしかたない）

伊織にしてみれば何人も踊る相手の中のひとりだって、分かっている。それでも満月に戻った私を選んでくれたことが嬉しくて、心が震えた。

彼の手を取りたいと言う想いを、抑えきれなかった。

「駄目……こんな気持ちは今夜だけにしなくちゃ」

明日になれば私はまた、広瀬名月として生きていかなくちゃならない。この胸の高鳴りも、頬の熱さも、一夜限りで忘れるものだと分かり切っているのに。

どうしようもないほど、胸が苦しい。

経験したことのない衝動に、わめきたくなってしまう。

漏れる吐息はいまだ熱く、うっかりすると自分を見失いそうで、怖くなった私はただただ、心を囚《とら》える甘い熱から目を逸《そ》らし続けた。


サロンに着いた私は、余韻を振り切るように着替えを始めた。ドレスを脱いで髪をほどきメイクを落とすと、鏡の前にはいつもの自分がいてどこかほっとする。

舞踏会の途中で抜け出してしまったため、更紗が戻ってくるまでにはまだ結構時間があった。魔法が解けてしまえば、パーティーの熱も冷めてくるもので。待っている間あえて術の復習に費やした私は、彼女と合流する頃にはすっかり落ち着きを取り戻していた。

更紗と私を乗せた車が、すべるように夜道を走る。

青藍まで送ってもらう間、私たちはつかの間の思い出話に花を咲かせていた。会わなかった一年あまりの時間を埋めるように、互いのこれまでを報告し合ったりして。

燐《りん》との屋上でのこと、彼の本心を知ってショックを受けたものの、それきり話ができないでいることを話したとき、更紗はあまり驚いた様子をみせなかった。

「そう……燐君とそんなことがあったのね。この間見かけなかったから、気にはなってたんだけど」

「何も知らず、ずっと頼り切っていた自分が情けなかった。でも……いろいろ考えて、今は立ち止まらないって決めたから」

いつか燐と再び話せるときがきたら、ちゃんと謝って自分の気持ちを伝えたい。そう告げると彼女はそうねと頷いたあと。

「彼の気持ちも分からなくはないけれど。満月が責任を感じる必要は無いと思うわ」

「そう、かな」

「人の気持ちって、どうしようもないことだもの」

もしかしたら更紗は、ずっと前から燐が秘めていたものに気づいていたのかもしれない。

自分だけが知らなかったと思うと、やっぱり情けない気持ちにもなるけれど……。

もし彼女の言うとおり屋上で起きたことが『どうしようもなかった』のだとしたら、きっといま辛《つら》いのは燐のほうで。

「はあ……人間関係って難しいね」

伊織とのこともそうだけど、何が正解で何を選ぶべきなのか分からなくなってくる。ため息をつく私を見て、更紗はあっけらかんと言った。

「そうよ。だから面白いんじゃない」

「えっ……」

「人生なんてトライ＆エラーだもの。もっと気楽にいきましょ」

彼女の人差し指に頬をつんと突かれ、なんだか気が抜けた私は笑ってしまう。

「もう、更紗ってば人生何度目？」

「紅牡丹に入ってから三周くらいした気分ね」

ふふんと口角を上げる様子はいつも通りだけど、華族の子女ばかりが通う紅牡丹学園ではやっぱり苦労も多いんだろう。そんなことおくびにも出さないところが、更紗らしいと思う。

青藍の建物が見えてきて、私は改めてお礼を告げた。

「今日は本当にありがとう、凄《すご》く楽しかった。またお礼させてね」

「そんなのいいのよ。私も楽しかったんだから」

そう微笑《ほほえ》んだ彼女は一瞬沈黙してから、躊躇《ためら》いがちに切り出した。

「ねえ、今からでも遅くない。やっぱりお父様に頼んで、広瀬家の負債をどうにかしない？」

「それはすごくありがたいけど……お金だけの問題じゃないし、家のことは自分でなんとかしたいの」

「先に広瀬家の負債をなんとかしてから、他の問題を片づければいいじゃない。そうすれば利子だってかからないでしょう？」

更紗が私や広瀬家のことを本気で心配してくれているのは分かっている。

きっと彼女の言う通り、尾藤《びとう》家に頼ればうちの借金なんてどうとでもなるのだろう。でも本当にどうしようもなくなるまでは、自分でなんとかしたかった。それに今は――

「ありがとう更紗。でもね、私今の生活気に入ってるんだ」

「えっ……」

「青藍に入って、大切なものもできたから。ここでやっていきたいの」

はっきりと告げた先で、更紗は驚いたように沈黙していたけれど。やがて何事か考え込むようにこちらを見やった。

「ねえ、満月。もしかして……」

何か言いかけ、かぶりを振る。

「いいえ、なんでもないわ。これ以上は私も何も言わない」

別れ際、私を抱きしめた彼女は名残惜しそうに囁いた。

「じゃあね、満月。またお茶しましょ」

「もちろん」

会わない間に少し大人びた更紗は、やっぱり気が強くて、聡明《そうめい》で、優しくて——大好きな親友だ。

「これからはちゃんと連絡するね」

「当たり前よ。また音信不通になったら、青藍に乗り込むわよ?」

互いに笑い合い、手を振って別れる。

「東条さんによろしく」

「え?」

「二人のダンス、とても素敵だったわ」

そう笑いながら、更紗の姿は車の中に消えていった。

走り去る車が見えなくなっても、私はしばらくその場に立っていた。

月の無い空にはいつもよりたくさんの星が瞬《またた》いていて、なんだかパーティーの終わりを名残惜しんでいるみたいで。

寮に戻ると、既に伊織は帰宅していた。

「ただいま。もう舞踏会終わったんだ」

「ああ」

　ベッドで読書していた彼はすっかりいつもの姿に戻っていて、ちょっとだけ残念に思う。礼装を身にまとった伊織とほんの数時間前に踊ったのが、夢だったみたいで。

「楽しかった？　僕も行ってみたかったよ」

　欠席したことになっている私は、触れないのも不自然なため適当に話題を振ることにした。伊織はちらりとこちらを見やってから、再び本に視線を戻し。

「まあそれなりに」

「そっか。東条とダンスを踊りたい子なんてたくさんいただろうからなー、順番に声かけていくのも大変そうだね」

「……ひとりだけだ」

「え？」

　思わず振り向いた先で、伊織ははっきりと言った。

「俺がダンスを申し込んだのは、ひとりだけだ」

「あ…………、そう、なんだ」

　どうして、とは聞けなかった。どんな子だった？　とも。

「えっと……僕もう疲れたから寝るね」

　今の顔を見られたくなくて、私は慌ててカーテンを閉めると布団にもぐりこんだ。すっかり落ち着いたと思った心は再び騒がしくなり、思考があちこちに飛んで何もまとまらない。

速くなり続ける鼓動とわけのわからない感情で、なんだか泣いてしまいそうだった。

■

閉じられたカーテンを見つめながら、伊織は湧き上がる衝動を押しとどめていた。

そうでなければ、今すぐにでも名月に問いただしていただろう。

すべて無かったことにするのか？　あんなに楽しそうに踊っていたのに——と。

パーティー会場で彼女と遭遇したとき、息が止まりそうだった。

ぶつかりそうになった相手の声に聞き覚えがあると気づき、まさかと思った伊織の目に、着飾った名月の姿が飛び込んできた。

（あれは反則だろう……）

淡い水色のドレスが色白の肌によく似合っていて、いつもと違うアップにされた髪と上品な化粧がより彼女を清楚《せいそ》で可憐《かれん》に見せていて。あまりに綺麗な名月の姿に、ごまかすのも忘れ一瞬見とれてしまっていた。

とはいえ彼女が別人のふりをしている以上、自分も知らぬふりを通すべきだといったんは離れたものの。どうしても放ってはおけず、ずっと目の端で追っていたのだが。

危惧していたとおり、名月の周りにはあっという間に男が集まってきていた。当たり前だ、本人は気づいていないのだろうがあのときの彼女はとにかく可愛かった。男どもが放っておくわけがない。

（……というより、あの姿が本来の彼女なのだろうな）

そう思うと胸の奥がちくりと痛む。本来ならば同年代の多くの女子がそうであるように、お洒落《しゃれ》を楽しみたい年頃だろうに。

はらはらしながら見守っていた伊織の耳に、彼女をダンスに誘う声が聞こえた。そこから先はもう、考えるより先に体が動いていた。

男の手を取ろうとした名月の手を、気がついたら摑《つか》んでいた。

驚いた顔を見て、しまったとは思ったが、自分以外の男と彼女が踊るのはどうしても耐えられなかった。

ほとんど無理やりダンスに誘ったにもかかわらず、名月が応じてくれたときは、嬉しさで平静を装うのが精いっぱいで。己に課せられた義務などほとんど忘れて、彼女とのダンスに夢中になってしまった。

ベッドから立ち上がった伊織は、机にしまっていた手紙を取り出す。少し前に実家の父から届いたもので、今回の舞踏会においてやるべきことを指示するものだ。

『片桐《かたぎり》家の令嬢を必ずダンスに誘うように』

ひと昔前、結婚と言えば家と家が決めるものであり、華族ともなれば幼少の頃から許嫁《いいなずけ》が決まっているのもよくあることだった。

今は時代の流れもあり、華族といえども幼い頃から許嫁が決まっていることはほとんどない。そうは言っても政略結婚自体が無くなったわけではなく、東条家の後継者ともなれば持ち込まれる縁談など数知れず、年頃になれば婚約者が決められるのも当たり前のこととして受け入れるつもりだった。

ほんの、ひと月前までは。

父からの『命令』だけが書かれた手紙を、伊織は無感動に見下ろした。中には東条家次期当主の妻として、宮家の血筋にあたる片桐家の令嬢を迎える予定であること。今回の舞踏会では顔合わせとして、彼女をダンスに誘うよう書かれていた。

これまでの自分なら、機械的に了承の旨を記して返信していただろう。しかし今回は承諾の返事をできないまま、当日を迎えてしまった。

理解はしているのだ。

東条家の完璧な跡取りであるためには、縁談を受け入れる以外に選択肢はない。

けれど自分はもう――広瀬名月への気持ちを認めてしまった。


ひと月ほど前、三船柳星《みふねりゅうせい》と交わした会話を脳裏に浮かべる。

名月への想《おも》いを自覚して、すぐのことだ。彼女がいないタイミングで柳星に声をかけ、単刀直入に告げた。

「認めるよ」

「えっ？」

「俺は広瀬をそういう目で見ている。三船に言われて気がついた」

それを聞いたときの柳星の表情は、とても複雑なものだった。驚きが最も強いように見えたが、その中には『しまった』という後悔と、同志を見つけた喜びが、同時に内在しているような。

「……そっか。認めちゃったか」

「ああ。俺の嫉妬のせいで、あいつを困らせていることもな」

ははは、と笑う柳星に、自分が考えてきたことをそのまま伝えた。

「俺は広瀬の目標を叶《かな》えてやりたいし、余計なストレスを与えたくない。だから三船を遠ざけることも今後はしない。今まで悪かった」

彼は再び驚いたように沈黙していたが、やがて困ったように苦笑を浮かべた。

「んー……まいったな。そう素直に言われちゃうと、俺なんにも言えないじゃん」

こちらに向き直った柳星は、ばつが悪そうに首の後ろをかいていた。なぜそんな顔をしているのか見当もつかなかったが、尋ねるより先に彼の方が口を開いた。

「こっちこそ煽《あお》るような真似《まね》して悪かった。……だってさ、悔しいじゃん？」

「悔しい？」

「広瀬ってば俺と話してるときでも、東条の話ばっかするんだもん」

それを聞いた瞬間、全身が急に火照り始めた。自分でもはっきり分かるほど、歓喜の感情が湧き上がってくる。

「恋敵の前で嬉《うれ》しそうな顔しないでくれる？」

「す、すまない……」

それを聞いた柳星はさもおかしそうに笑いだした。

「ほんと真面目だね、東条は。わかったよ、俺も今後は広瀬のペースを大事にする。急《せ》かしてもいいことなさそうだしね」

「助かるよ。ありがとう」

「……別にお礼を言われるようなことじゃないけど」

猫をも思わせる目が、やれやれと細められる。

「ま、ちょっとキミのこと誤解してたよ。俺みたいな奴に律義なとこ、結構好きだけどね？」

「え……俺にその気はないぞ」

柳星はふたたび腹を抱えて笑っていた。あの日以来、彼とは妙な同盟関係で繋《つな》がっているが、名月が女性であることはどうやら気づいていないようで、別の意味で心配されている。

「東条ってさ、跡継ぎ作んないと駄目なんでしょ？　どうすんの？」

「どうすると言われてもな……」

「もし広瀬とできても、できないじゃん？　まさか好きでもない相手とケッコンするつもり？」

「いや…………その…………」

何ができてできないのか問いただす勇気はなかったが、柳星の率直な問いかけは目を背けている問題をつきつけているのも事実で。

（このまま先送りできそうもないしな）

東条家の後継者として課せられた使命と、己の本心。近いうちに嫌でも向き合わなければならなくなるだろう。

そんな伊織の予感は、翌日さっそく現実のものとなった。

九　秘密の崩壊

舞踏会明けの朝、私はぼんやりする頭で登校していた。

「結局昨日はほとんど寝られなかった……」

昨夜起きたことがあまりに夢みたいで、情緒があちこち飛んで収まらなかった。私が就寝したあとも伊織《いおり》はしばらく起きていたみたいだけど、何をしていたのかは分からない。今朝も私より早くに出て行ったから、あまり話はできなかった。

教室に入るとこちらに気づいた双子が声をかけてくる。

「おはよ、広瀬《ひろせ》。あれ東条《とうじょう》は？」

「なんか用事があるって先に行っちゃったんだよね」

「え、でもここには来てないよ。舞踏会どうだったか聞こうと思ってたのに」

残念がる柳星《りゅうせい》の言葉にぎくりとなる。私の前で伊織が舞踏会のことを話したら、平常心を保てる自信が無い。

「東条だったらさっき職員室で見かけた」

「え、そうなの燕《えん》？　なんで言ってくんないの」

「柳《りゅう》が東条を捜していると知ったのは五秒前だが？」

聞けば燕星《えんせい》が職員室の近くを通りかかったとき、人だかりができているのに気づいたらしい。

「様子を見に行ったら、東条の父親が来ていた」

「えっお父さんってことは、東条財閥の？」

問い返した私に、燕星はああと頷《うなず》く。

「現当主は俺でも知ってる有名人だからな。間違いない」

伊織と父親は疎遠だと聞いているのに、一体どうしたというのだろう。ここ最近の彼の様子が気になっていた私は、いてもたってもいられなくなる。

「ちょっと見てくる！」

職員室にたどり着くと、ちょうど中から数名の人影が出てくるところだった。その中には伊織と、彼にどことなく似た年配男性の姿がある。

（あれが東条のお父さん……）

東条家現当主、東条伊佐也《いざや》。

財閥当主と陰陽寮《おんみょうりょう》幹部の顔を持ち、財政界と国防を掌握した陰の権力者だと言われている。

横顔しか見えなかったものの、周りとは明らかに異なるオーラを放っているのがここからでも分かった。彼は見送りに出ようとする職員たちを片手で制し、伊織を引き連れ私がいる方向に歩いてくる。

（まずい、隠れなくちゃ）

適当な物陰に身を隠した私は、伊織たちが通り過ぎるのを待つことにした。けれど運悪く隠れている場所の近くで、彼らは立ち話を始めてしまった。

「──なぜ片桐の娘を舞踏会で誘わなかった。指示書は届いていたのだろう」

冷たく鋭い声音。伊佐也の声だとすぐに分かり、心臓が嫌な音を立てる。伊織が返事をするより早く、苛立《いらだ》った声が飛んできた。

「先方に恥をかかせおって。この縁談が東条にとって必須のものだと分かっているのか」

「……分かってはいます」

「ならばなぜ指示通りにしなかった。何のためにお前を後継者にしたと思っている、立場をわきまえろ」

沈黙する伊織に伊佐也はため息を吐《つ》いてから、冷ややかに言い放った。

「片桐家とは後日顔合わせの席を設ける。職員から聞いたが、陽月《ようげつ》の課題でまだ首位を取れていないそうだな。東条の人間として恥だと思え」

「期末考査では必ず首席を取ります」

その言葉に返事することなく、伊佐也はお付きの人たちを引き連れ去っていった。見送る伊織の表情はここからでは見えなかったけれど、私はお腹《なか》の奥が冷たくなっていくのを感じていた。

(東条には婚約者がいたんだ)

考えてみれば当たり前のことなのに、私はその事実に酷《ひど》くショックを受けていた。

あの日、伊織は別の女性をダンスに誘うはずだった。そう思うと目の前がぐらりと揺れ、淀《よど》んだ感情が湧き上がる。

(婚約者がいるのに、どうして私を誘ったの)

きっと彼にしてみれば、一夜の気まぐれでしかなかったのだ。そう思うと悲しくて切なくて、浮かれていた自分がただただ、恥ずかしい。

伊織がいなくなったのを見計らって、逃げるように教室へ走る。胸の奥が冷え切って、息をすることすら苦しい。

「……本当に私馬鹿だ」

伊織は番《パートナー》でしかないのに、勝手に舞い上がって勝手に落ち込んで。こんなことで心を乱されているから、いまだに陽月の課題も首席を取れないのだ。

そもそも自分は男としてここにいるのに、何を期待していたんだろう。

どうしてこんなにも、胸が引き裂かれるほど痛いんだろう。

答えなんて本当は分かっているのに認めるのが怖くて、なんとかこの感情を封じ込め平静を保とうとする。

教室の前にたどりついた私は、ぎゅっと目を瞑《つむ》って何度も自分に言い聞かせた。

――私と東条の間には、最初から何もなかった。

呼吸を整え落ち着きを取り戻した鼓動を確認し、ゆっくりと目を開く。

大丈夫。今まで通りやれる。

自分の足元を確認し、小さく頷くと扉を開いた。

「広瀬お帰りー。どうだった？」

声をかけてきた柳星に、いつも通り笑ってみせる。

「燕星の言う通りだった。東条のお父さん、凄《すご》いオーラだったよ」

「だろう。あれはたぶん、視線で殺《や》れる類のやつだ」

ハイライトの無い目で頷く燕星の隣で、柳星がふーんと相槌《あいづち》を打ってから。

「でも何しに来たんだろね。東条なんかやらかしたの？」

「どうなんだろ……。僕が行ったときはもう帰るところだったから、よくわからなくて」

適当にごまかしたところで、伊織が教室に入ってくるのが見えた。私は顔がこわばらないよう、あえて明るく振る舞う。

「東条、遅かったね。遅刻しないか冷や冷やしちゃったよ」

「悪いな、心配かけて」

そう答える彼はいつも通りで、先ほどのやり取りなんて無かったみたいに見える。

お父さんにあんなことを言われても平然としていられるなんて……普段、東条家でどんな話をしてきたんだろう。そう考えると胸が痛んだ。

「東条おはよ。親が来てたんだって？」

柳星に挨拶を返した伊織は「情報が早いな」と苦笑を漏らした。

「燕が職員室で見たんだってさ。で、何しに来てたの？」

興味津々に尋ねる柳星に伊織は面食らった様子だったけれど、さして困ったふうでもなく淡々と答えた。

「学園長への挨拶ついでに不肖の息子の監視といったところだな」

「へーさすが東条の父親って感じだね。根回しはぬかりなく、みたいな？」

「まあそんな感じだ」

東条財閥は青藍《せいらん》学園に多額の寄付をしていると言われている。本来なら学園側が東条家に頭が上がらない立場なんだろうけど、自ら足を運ぶあたり、隙の無いやり方だと思う。

伊織以上に無駄がなく、感情ひとつ見えなかった目――あの人に逆らうなんて、想像もつかないくらいに。

「……広瀬、どうした？」

こちらを窺《うかが》う伊織に、回想にふけっていた私は我に返った。

「あ、ううん。ちょっとぼーっとしてただけ」

「顔色が悪いな。昨夜眠れなかったのか？」

「そんなことないよ。普通に元気だし」

「でも」

「大丈夫だってば！」

急に大声を出したせいで、周囲の視線が私たちに向く。

その中には燐《りん》の姿もあり、ばつが悪くなった私が俯《うつむ》いていると、柳星がとりなすように切り出した。

「あー……そういえば東条、昨日の舞踏会どうだった？　面白い話あったら教えてよ」

「あ、ああ……」

その先を聞きたくなかった私は、慌てて立ち上がった。

「そろそろ始業チャイム鳴るし、自分の席に戻るね」

「広瀬、放課後のことなんだが」

「今日はひとりでやりたい事があるから、別行動でいい？」

それを聞いた伊織は少し驚いた様子だったけれど、「わかった」とだけ返した。

さすがに今は、顔を合わせているのが苦しいから……そんな感情を気取られたくなくて、彼と目を合わせず自分の席へ向かった。

それから数日の間、私は伊織との接触を最低限にして過ごすことにした。一緒にいるとおかしな感情に振り回されてしまいそうだし、期末考査も近づいている今はとにかく試験準備に集中しなければならない。だから彼には「しばらくひとりで集中したいから」と、日課になっていた二人での鍛錬も断っている。

今日も私は放課後になってすぐ校舎を出て、自習棟に向かっていた。けれど途中で伊織の姿を見かけ、慌てて引き返す。

(他の場所を探さなくちゃ)

我ながら情けないと思うけれど……どうしても今は鉢合わせしたくない。動揺を隠すのが下手な私を彼が見逃すはずがないし、問い詰められたら言いたくないことまで言ってしまいそうで怖かった。

結局私は考えた末、裏山に向かうことにした。

あそこなら余計なことに振り回されず、鍛錬ができるだろう。今の自分にできるのは、首席を取るために自己研鑽《けんさん》を積むことだけ。

私のせいで伊織が父親からあんな言葉を投げかけられるのは、絶対に嫌だから。

山の中腹程度まで登り、開けた場所にたどり着いた私は、剣術や体術に加え術の練習を一心不乱にこなしていった。

梅雨入りして久しい今は湿度が高く、一時間もすればすっかり汗だくになってしまう。けれど身体《からだ》を動かしているうちに心もずいぶん軽くなり、まだまだやり足りなかった私はいったん休憩を挟むことにした。

「うわ、汗でベタベタだ……」

タオルでひと通り拭ってみたものの、まったく追いついていない。身体に張り付いた衣服が気持ち悪くて、風が通りそうな斜面に立ち飲み物を口にした。

目下に広がる木々を眺めながら、冷たい液体が喉を通り過ぎていくうちに、身体のほてりも落ち着いてくる。そろそろ訓練を再開しようと踵《きびす》を返したときだった。

足元で突然つむじ風が巻き起こり、鼬《いたち》のような影がからみついた。ふいうちでバランスを崩した私は、斜面を滑り落ちていく。

「――っ！」

なんとか木の枝につかまり、落下が途中で止まる。

落ちていく石ころを見やりながら、震えるように息を吐いた。多少の擦り傷はできたけど、大きな怪我《けが》はなさそうだ。

（体が軽くてよかった……）

さっきの鼬は誰かの式神に違いない。明確な悪意を感じ頭上を睨《にら》むと、こちらを見下ろす人影が舌打ちするのがわかった。

根性で斜面を駆けあがった私は、逃げる影を追いかける。

「待て！」

ちらりと見えた紺青の衣服は、青藍の生徒だと示していた。学園生同士が術で攻撃し合うのは固く禁止されているのに、こんなことをするなんて。

足元に霊力を集中させ、全速力で駆ける。追いついた背に呼びかけると、観念したのか相手が振り向いた。

「君は……」

こちらを睨む顔には見覚えがあった。夜行祭《やこうさい》のとき、伊織に悪態をついていた宮崎《みやざき》だ。

逃げられないよう彼の腕を掴《つか》んだ私は、怒りをにじませながら問い詰める。

「どういうつもりだよ。もう少しで大怪我するところだったんだぞ！」

「何のことだ？　俺はたまたま通りかかっただけだ」

「なっ……じゃあなんで逃げたりしたんだ！」

「お前が凄い形相で追いかけてくるからだろ。暴れリスに怪我でもさせられたらたまったもんじゃない」

腕を振り払いやれやれと肩をすくめる宮崎に、怒りがさらに募っていく。

一歩間違えれば死んでたっておかしくないのに、この期に及んで言い逃れしようとする卑怯《ひきょう》さが許せなかった。

「こんなことして恥ずかしくないの？」

「は？　お前何様だよ。俺がやった証拠も無いのに、言いがかりつけてんじゃねえよ」

怒声を放ちながら詰め寄って来る姿に身構えると、何故《なぜ》か彼は途中で立ち止まり唖然《あぜん》と目を見開いている。いったい何を見ているのだろうと訝《いぶか》しんだとき、予想もしていなかった言葉が届いた。

「驚いたな……まさかお前、女か？」

突然の指摘が理解できず、私ははじかれたように自分の身なりを確認した。斜面を滑り落ちた時だろう、Tシャツの脇が大きく裂け、下着の一部が見えてしまっている。

「な、なに言ってるんだよ。女なわけないだろ」

「じゃあ服の下に見えるやつが何なのか、俺に説明しろよ」

「これはサポーターだ」

下着を隠しながら反論してみたものの、宮崎は口端《くちのは》を上げながら歩み寄ってきた。

「ならこの場で確かめてみようぜ」

逃げようとした私の進路を塞ぎ、大きな手が肩を摑んできた。強い力で引き寄せられた瞬間、体が硬直してしまう。

「やっ……放せ！」

裂けた服を無理やり引っ張られ、私は悲鳴を上げてうずくまった。その様子を眺めていた彼は愉快そうに笑う。

「まさか東条の番《つがい》が女だとはねえ。こんなことバレたら二人とも退学なんじゃねえか？」

全身の血の気が引いた。私はかぶりを振りながら必死に訴える。

「東条は何も知らないし関係ない。絶対に巻き込まないで！」

「へえ。あいつがこのことを知らないのなら、ちょうどいい」

こちらを見下ろす宮崎の顔に、酷薄な笑みが浮かぶのが分かった。

「取引してやる。俺がこのことを黙っておく代わりに、お前は今度の陽月《ようげつ》の課題でわざと失敗しろよ」

「なんでそんなこと……」

「あいつが気に食わねえからだよ。財閥御曹司だからって調子に乗りやがって……」

吐き捨てるように言い放ってから、

「ああいう親の七光りで偉そうにしてる奴は、潰してなんぼだろ」

それを聞いた私の中に、再び怒りがうずまくのがわかった。この男に伊織の何が分かると言うのだ。

理不尽な生活を強いられ、それでも逃げることをしなかった彼が、背負っているものの重さを。何も知らない人間が、あざ笑うことだけは許せない。

「……東条は調子になんか乗っていない」

「ああ？」

「親の七光りを利用したりもしない。あれほど努力している東条の足を引っ張ることだけは絶対にしない！」

それで自分が青藍を辞めることになっても、構わない。

譲る気が無い私の意志を感じ取ったのだろう、相手は舌打ちしてから「お前は分かってねえな」と薄ら笑った。

「完璧な東条伊織サマの番が女だってことが、既に汚点なんだよ。このことが公表されればあらぬ噂《うわさ》が飛び交って、東条家に傷がつくに決まってんだろ」

「そ、それは」

「俺は優しいから、取引してやるって言ってやったのによ」

「っ……でも東条の足を引っ張ることだけは……」

懇願する私を眺めていた彼は、これまでとはまた違う、淀んだ笑みを浮かべた。その目に映る下卑た色に、肌が粟立《あわだ》つ。

「そうだな。じゃあ今から女として、俺の相手をしろよ」

一瞬、何を言われたか分からなかった。愕然《がくぜん》と立ちすくむ私の顔を、彼の指先がなぞる。

「ここは野郎ばかりで、飽き飽きしてたからな。ちょうどいい」

木々に覆われた暗がりのなか、宮崎と向き合う私の足は震え始めていた。

「逃げねえってことは取引成立でいいんだな？」

本当は今すぐにでも逃げ出したかった。

けれどこうなったのは嘘《うそ》をつき続け、伊織を巻き込んだ私の責任だ。彼を護《まも》るためにも、そのツケは自分で払わなくちゃならない。

視界は歪《ゆが》み、気を抜くと吐き気がこみ上げてきそうだった。それでも絶対に泣くまいと、相手を睨みすえる。

その様子を見た相手は、愉快そうに肩をゆすった。

「お前、よっぽど東条のことが好きなんだな」

「……え？」

次の瞬間、私の身体は木の幹に押し付けられていた。思わず抵抗する私の顎を、大きな手が掴む。

「あいつのために自分の身を差し出すほど、惚《ほ》れてんだろ？」

その言葉は私の深く大切な部分を、貫いた。ずっと気づかないふりをして押しとどめていた本心が、決壊した川水のようにあふれ出す。

「はっ……今さら泣いたって遅い」

泣かないと決めていたのに、伊織の優しげな顔を思い出したら駄目だった。

黒曜石みたいなあの目に、ずっと映っていたかった。

綺麗《きれい》だと言ってくれた、私のままで。

宮崎の濁り切った目が近づいてきた。口づけだけはされたくなくて身をよじったものの、その場に押し倒されてしまう。

「や……っ！」

「取引に応じたのはお前だろ？　抵抗すんじゃねえよ」

両手の自由を奪われ、反射的に抗《あらが》うも男子の力には敵《かな》わない。馬乗りになった宮崎に衣服を力任せに引き裂かれ、悲鳴を上げる。

恐怖で震える私の耳元で、彼は冷めた笑いを漏らした。

「あいつがこのことを知ったら、どんな顔をするだろうな」

それを聞いた私は、ようやく気づいた。この男は、ただただ伊織を傷つけるためにこんなことをしているのだと。

にもかかわらず、まんまと嵌《は》められた自分の愚かさに目の前が真っ暗になった。

怖い。

助けて。

「いやだ放して！　東条――！」

泣き叫ぶ私の耳に、伊織の声が聞こえた気がした――

■■

名月《なつき》の様子がおかしいことには、気づいていた。

何があったのか幾度も尋ねようとしたのだが、明らかに避けられている状況ではそれもままならない。それとなく柳星にも聞いてみたが、さっぱりと言った様子で問い返された。

「どう見ても東条が原因じゃない？」

それは伊織自身も薄々感じていたことで、心当たりを探ってみた結果、ひとつの可能性に行き着いていた。名月の態度が変わったのは舞踏会の翌日……父の来訪があってからだ。

（あの会話を聞かれていたのかもしれないな）

そうでなくても自分の縁談話は、遅かれ早かれ彼女の耳に入っていただろう。華族の噂《うわさ》話など、流行《はや》り病より広がるのが早いのだから。

つまり名月は、婚約者の存在を知ってあのような態度になったわけで——

小さく息を吐き、伊織は自習棟の天井を仰いだ。今日も彼女は、自分との鍛錬を断りどこかに行ってしまっている。

期末考査を前に二人の関係がぎくしゃくしているのは、非常によくない。にもかかわらず淡い期待を抱いている自分に、少々呆《あき》れてもいた。

婚約者の存在に、名月が動揺している。それはつまり、彼女が自分を男として意識している可能性があるということで――

「……どこまでおめでたい奴なんだ、俺は」

つい漏らした言葉に、自嘲する。現状横たわる数多《あまた》の問題は、なにひとつ解決していないというのに。

早く名月に何か言わなければと思う一方で、自分の勘違いかもしれないという不安が頭をもたげる。もしそうだったら、彼女を困らせるだけだ。

今はまだ、自分の本心を口には出せない。出していい立場じゃない。

けれどいずれ、彼女とちゃんと話をしようと伊織は考えていた。そのためにも、期末考査では必ず満足のいく成績を残さねばならない。

そろそろ二人での鍛錬を再開しないか――今日名月が帰ってきたら、提案してみよう。

そう心に決めて自習棟を出たところで、小さな人影が自分の方へ駆けてきた。一瞬彼女かと思ったが、すぐに違うと気づく。

「……越谷《こしがや》？」

「東条君、お願いがあるんだ！　名月君を捜すのを手伝って、一刻を争うから！」

越谷燐が激しく息を切らせながら必死に言い募る。その切羽詰まった様子に、嫌な予感がよぎった。

「落ち着け、何があった」

「最近名月君の様子おかしかったでしょ？　さっき裏山に入っていくのが屋上から見えたから気になって目で追ってたんだ。そしたら名月君の後を付ける人がいるのに気づいて」

冷たいものが、背筋を滑り落ちていった。燐はその後すぐに二人を追いかけたものの、途中で見失ったそうだ。

「しばらく山の中を捜してたら、言い争う声が聞こえてきたんだ。そっちに向かったんだけど見つからなくて……っ」

聞き終わるより早く駆けだしていた。付いてくる燐と裏山へ向かいながら、激しい後悔が湧き上がる。

（そっとしておくんじゃなかった）

避けられているのだから、無理強いはできない。そう思ってなるべく距離を置いていたのがこのザマだ。

自分を殴りつけたい思いに駆られながら山道を駆けあがり、燐が言い争う声を聞いた場所にたどり着くが人の姿はない。

「声はどっちから聞こえたんだ」

「奥の方だったと思う」

燐が示した先は、うっそうとした木が立ち並んでいる。

「くそ……時間が惜しいな」

伊織は胸元から形代を取り出すと、呪《しゅ》を唱え放つ。現れた七匹の鼠《ねずみ》に、名月を捜すよう命じた。

(念のため広瀬の霊気を食わせておいてよかった)

この式神たちは一定の範囲内に彼女がいれば、反応するようになっている。

きっかけは夜行祭のとき、海里《かいり》の霊力探知具を見たことだ。

日頃から名月の身を案じていた伊織はこれがあれば万が一のときに使えると思い、自身の式神で近い仕組みを作り上げた。まだ完全ではなかったものの、本人の了解を得て彼女の霊気を与えておいたのだ。

その甲斐《かい》あって、一分も経《た》たず名月の反応を式神が見つける。目的の場所に駆け付けたのと、伊織の名を呼ぶ彼女の悲鳴が聞こえたのはほぼ同時だった。

「広瀬！」

駆け寄る伊織の目に、倒れた名月を押さえつける男の姿が飛び込んできた。

驚く男の身体《からだ》を蹴り飛ばし、彼女から引き離す。勢いよく幹に打ちつけられた男は呻《うめ》き声を上げたが、横目で確認した名月の胸元がはだけているのを見た瞬間、理性が吹き飛んだ。

うずくまる男を無理やり起こし、殴りつける。飛び散った鮮血が伊織の頬をかすめたが、知ったことではなかった。

彼女の肌にこの男の手が触れたと思うと、あと少し遅ければ取り返しのつかないことになっていたと思うと、怒りで目の前が真っ赤になる。

生きてきて初めて、人に殺意を抱いた。

「貴様……っ」

抑えきれない激情のまま拳を振るおうとした伊織の腕に、名月がしがみつく。

「やめて東条！」

「放せ。こいつは絶対に許さない」

「もう十分だから！　これ以上やったら死んじゃうよ！」

必死に自分を止める彼女に、持っていきどころのない怒りをぶつけてしまう。

「なぜ庇《かば》う！　こいつはお前を辱めようとしたんだぞ」

「ぜんぶ僕のせいだから！　僕が嘘をつき続けたからこうなったんだ！」

ぼろぼろと涙を流す名月を見て、伊織はようやく我に返った。目の前に倒れている男はとっくに気絶していて、ぴくりとも動かない。

震えながら自分の腕にすがりつく彼女は、燐の上着を借りたのだろう、露《あら》わになっていた胸元はひとまず隠されていた。

けれどもう——何もかも知らないふりをするのは無理だ。

「ごめん東条……僕はずっと、君に嘘をついてきた」

名月のうわずった声と今にも崩れ落ちそうな姿に、ひりつくほどの庇護《ひご》欲を掻《か》き立てられる。

伊織は空を仰いでから、一度だけ息を吐いた。

これを口にしたら、もうこれまでの関係には戻れない。それでも今言わなければ、きっと自分は後悔する。

「それを言うなら俺だって、お前に嘘をついてきた」

絞りだすように口にした先で、名月ははっと目を見開いた。彼女から目を逸《そ》らさず、伊織ははっきりとその言葉を告げた。

「ずっと前から気づいていたよ。広瀬が女だってことは」

名月の後方にいた燐が、一瞬にして蒼白《そうはく》になるのが分かった。こちらを見つめる彼女の頬が、わななくのが分かる。

「いつから……」

「お前が実習で倒れたときだ」

燐が顔を覆う傍らで、名月はショックを受けた表情で立ちすくんでいた。

伊織が声をかけようとしたとき、彼女は突然背を向け走り出す。

「待て広瀬！」

追いかける行く手を、燐が阻んだ。押しのけようとした伊織の耳に、届く声。

「追いかけてどうするつもり？　満月ちゃんは今、東条君の顔を見たくないと思う」

思わず見やった相手の表情には、譲ってやるものかという意志が見えた。

彼とはここで向き合わねばならないのだ。

そう思い至った伊織は、駆けだしたい衝動をなんとか抑え留まる。

「……そうか。彼女の本当の名は満月《みつき》というのか」

小さく頷《うなず》いた燐の目には、その名をずっと口にしてきた自負が見えた。本当の彼女を知り、傍《そば》で見守ってきたのは自分なのだと。

「東条君は満月ちゃんを受け止められるの？　中途半端な気持ちで彼女を惑わせないでほしい。今までもこれからも、満月ちゃんのことは僕が護るから」

揺るぎないまなざしだった。

女子と見まがうほどの外見にもかかわらず、燐のことを強い人間だと伊織は思った。いつどんなときでも彼女を一番に考え、必要ならば恋敵の手をも借りる。

同じ男として、羨ましいほどにその想《おも》いはまっすぐで――されど。

こちらを見定めるような目に、伊織は真正面から向き合った。

もう言い訳はしない。

東条家の人間として、自身に与えられた役目も意地もある。けれどそんなものを理由にして彼女を失うくらいなら、捨ててしまったほうが遥《はる》かにマシだ。

「広瀬は俺の番《つがい》だ。誰にも譲る気はないし、何があっても一生彼女を護るつもりだ」

初めて口にした本心は、あっけないほどすんなり己の内から出てきた。

燐は驚いたように息を呑《の》み、しばらくの間沈黙していた。けれど伊織の覚悟を受け取ったのか、やがて小さく頷くとほんの少し切なげな微笑を目元に漂わせた。

「わかった。満月ちゃんを、絶対に泣かせないで」

■■

木々の合間を闇雲に走り、気がついたら見覚えのある景色が広がっていた。

ぽっかりと開けた中腹から見える空は茜《あかね》色に染まり、湿り気のある大気が頬を撫《な》でていく。

「なんでここに来ちゃったんだろ……」

この場所を伊織が教えてくれたことが、ずいぶん昔のことのように感じる。彼の顔が見られなくて逃げ出してきたはずなのに、二人だけしか知らない場所にたどり着いてしまうあたり、私もだいぶ重症だ。

両の手のひらを、そっと見つめる。震えはだいぶ収まったけれど、先ほどの恐怖がまだ残っていて、こわばりが取れない。

伊織が助けに来てくれなかったら、今頃どうなっていただろう。想像するだけで、また震えが出てきそうになる。

自分の名を呼ぶ彼の声が聞こえたとき、相反する感情が同時に湧き上がった。

助けに来てくれた嬉《うれ》しさと、こんなところを見られたくなかった絶望。けれどあれほど激昂《げきこう》する伊織を見たとき、そんな感情など放り出して止めなければという思いに駆られた。

彼にここまでさせてしまった自分の迂闊《うかつ》さが、許せなかった。

いつだって完璧であろうとしてきた彼を、私が壊してしまった。

だから自分の嘘《うそ》を、あの場で告白しなければと思ったのだ。こんなことになったのはすべて自分のせいなのだと、伊織に謝り咎《とが》を受けることだけが、私にできることだと思ったから。

それなのに。

ずっと前から秘密を知っていたと告白されて、頭が真っ白になった。ショックと混乱で耐え切れず、あの場から逃げ出してしまった。

彼はこれまで、どんな目で私を見ていたのだろう。

家族のためとはいえ皆を欺き、番である彼に大きなリスクを負わせる私を、どう思っていたのだろう。

伊織の優しかった振る舞いを思い出すたびに、胸が締めつけられた。

彼は一度だって私を責めなかった。それどころかひとことも問い詰めることなく、秘密を守り通そうとしてくれていたんだ。

そんな彼の大きさを思い知るたび、苦しさが募っていく。

「……東条に会いたい」

ぽつりとこぼれた本音に、涙があふれた。

伊織が好きだ。

ただただ彼のことが大切で、何を犠牲にしてでも護《まも》ってあげたかった。

たとえ傍にいられなくなっても、彼が幸せでいてくれるならそれでよかった。

男として生きる覚悟を決め、これまでの自分を捨ててまで青藍に来たはずなのに。私の心はいつのまにか彼への想《おも》いでぱんぱんになって、息もできなくなっていた。

頬を伝う涙を手の甲でぬぐい、堪《こら》えるように吐息を漏らす。自分の中にある結論と向き合うことが、こんなに辛《つら》いと思わなかった。

（わかってる。もう全部、終わりにしなくちゃ）

すべてがバレてしまった以上、青藍学園にはいられない。東条伊織の番である広瀬名月はいなかったことにしなくちゃならない。

張り裂けそうな胸の痛みを抑えるように、唇を噛《か》みしめる。

これ以上、彼のキャリアを傷つけることだけはしたくないから——


「広瀬！」


反射的に振り返った先で、伊織が息を切らせていた。

私の姿を認めた彼はその整った顔に、少しだけ泣きそうな、安心したような表情を浮かべた。それを見た瞬間、私の中で膨らみきった感情がはじけてしまう。

「東条……！」

考えるより先に、身体が動いていた。

どうして、追いかけて来てくれたの。

どうして、誰にも見せたことが無いような顔で私を呼ぶの。

そんなの何ひとつ分からなくていいから、今だけはどうか彼のもとに飛び込ませてほしい。

駆け寄ってきた私を受け止めるように、伊織は強く抱きしめた。

「無事でよかった……」

私の肩に鼻先をうずめた彼は、かすれた声で呟《つぶや》いた。引き寄せる腕の力強さが温かくて、また涙があふれてしまう。

腕の中で泣き続ける私を、伊織は何も言わず抱きしめてくれていた。

互いの存在を確かめるようにしばらくそうしていると、急に我に返ったのか、彼は少し慌てたように私を引き離した。

「すまない。つい」

「……どうして謝るの？」

問い返した先で、彼はしどろもどろになりながら尋ねる。

「嫌じゃなかったか。怖がらせたばかりだし、その、三船《みふね》に抱きしめられた時も、困っていたし」

「嫌じゃないよ。……東条だもの」

素直な気持ちを口にすると、伊織の瞳が一瞬揺らいだあと。大きく息を吐き出しながら顔を覆ってしまう。

「ど、どうしたの？」

「いや……広瀬にそんなこと言われたから、情緒がおかしくなっているだけだ」

照れている彼を見ていると、自分の顔まで熱くなってくる。けれどそんな空気を紛らわすように、私はお礼を口にした。

「あの、さっきは助けてくれてありがとう」

「ああいや……あのときは怒鳴ったりして悪かった。もう少し来るのが遅かったらと思うと……我を忘れた」

「東条は何も悪く無いよ。心配かけてごめん」

何もかも私が招いたことで、伊織が謝るようなことは何ひとつない。そう伝えると、彼はかぶりを振りながら私の目尻を人差し指で拭った。

「お前の様子がおかしいことには気づいていたのに、何もしてやれなかった」

「それは僕が避けていたからで」

「俺が臆病だっただけだ。……本当に俺は広瀬のことになると駄目だ」

そう漏らすと彼は弱り切ったようにため息をついた。こんなにも落ち込んでいる様子を見るのは初めてで、私はどうすればいいかわからず咄嗟《とっさ》に伊織の手を取ってしまう。はじかれたようにこちらを向いたまなざしに、せいいっぱいの本心を告げた。

「でも、僕は東条が助けに来てくれて……嬉しかったから。十分過ぎるくらいだよ」

助けてと彼の名を呼び、それが叶《かな》った。もうこれ以上求めることなんてないし、してもらったことを返せない申し訳なさばかりが募るのに。

そっと視線を落とし伊織の手を離そうとしたとき、今度は彼が私の手を握ってきた。驚いて見上げると、黒曜石みたいな目が覗《のぞ》き込むようにこちらを捉える。

「約束してくれ。今後何かあったときは、一人で抱え込まず相談してほしい。頼むからもう二度と、俺の前からいなくなるようなことはしないでくれ」

「えっ……待って東条、僕はもう青藍には」

この状況でいられるはずがないし、すぐにでも退学手続きをするつもりでいる。けれど彼はまったく予想外のことを口にした。

「あの男のことは、俺が対処するから心配するな。この件を知っているのは、俺と越谷だけだろう？　なら何の問題もない」

「で、でもこの先僕が女だってバレたら、東条家に傷がついてしまうし」

「広瀬」

伊織は私に向き直ると、真剣な表情で問いかけた。

「お前の秘密を知った俺が、なぜ何も言わなかったか分かるか？」

それは私も疑問に思っていたことだった。彼が黙っていたところで、なんのメリットもなかったはずなのに。

「広瀬が相当の理由と覚悟でここにいるのだろうと、察したのもあるが。何より俺が失いたくなかったからだ、お前を」

思いもよらなかった告白に、鼓動が跳ねあがった。こちらを見つめる瞳に、切とした感情が乗る。

「家のことは関係ない。俺の番はこれからも、広瀬だけだ」

告げられた言葉がすぐには理解できなくて、私は呆《ほう》けたように伊織を見つめ返した。

つまり……これからも私は彼の傍にいられるってこと？

あまりにも信じられなくて、呆然《ぼうぜん》とした頭のまま、半ば無意識に問いかけていた。

「東条はどうしてそんなにも、僕を必要としてくれるの？」

「……………えっ？」

彼は驚いたようにこちらをまじまじと見たあと、「それを言わせるか……」と呟いた。

その台詞を聞いたとたん、我に返った私は慌てて謝る。

「ごめん！　おかしなこと言った」

伊織への気持ちを自覚してしまったせいで、彼の気持ちも知りたいという欲求が無意識に漏れて出てしまった。

私は恥ずかしさのあまり、今の質問は忘れてと言わんばかりに伊織と向き合うと、事実のみを確かめる。

「えっと……じゃあこれからも、僕は青藍にいてもいいってこと？」

「もちろんだ」

そう言って微笑《ほほえ》む伊織を見て、全身から力が抜けていくのを感じた。

彼はほんとうに、こんな私をこれからも必要としてくれているんだ。

傍にいていいと、言ってくれているんだ。

その事実が嬉しくて、ありがたくて、また泣いてしまいそうなのを堪《こら》えるのにせいいっぱいで。

「……東条、ありがとう」

なんとか絞りだした言葉に、彼は穏やかにうなずく。そして一度だけ空を見あげると、手を差し出してきた。

「帰ろう」

陽《ひ》が暮れかけた山道を、手を引かれながら歩く。途中枝葉から落ちてくる雨露で濡《ぬ》れたりもしたけれど、不思議と寒さは感じない。

「帰ったら燐にもお礼を言わなくちゃ」

「ああ。越谷のおかげで広瀬を助けられたからな」

「ずっと燐には頼ってばかりだったから……ちゃんと謝りたい」

話せなかった間も、彼はずっと私のことを気にかけてくれていたんだ。そう思うと、申し訳無さとありがたさでいっぱいになる。

「越谷は謝ってほしいなんて、思っていないんじゃないか」

見上げた先で、伊織はほんの少し難しそうな顔をしたあと。

「あいつはそういう奴じゃない。……と思う」

「あれ？　東条と燐ってまともに話したことあったっけ」

その疑問に彼は「まあ、それなりにな」と曖昧に濁すものだから、気になってしまうけれど。

私はあえて聞かないことにした。なんとなくその方がいいって、鈍い私でも少しは分かるようになってきたから。

「なあ広瀬」

「うん？」

こちらを見やった伊織は、頬をかきながら口を開いた。

「さっきの質問の答えは、期末考査の後でいいか」

「えっ⁉ いやいやあの質問は忘れて！ ちょっとどうかしてただけだから」

「いや。ちゃんと答えたい」

きっぱりと言い切られ、返す言葉を失ってしまう。伊織の表情はいつもと変わりなかったけれど、少しだけ強くなった手を握る力に、どきどきしっぱなしだ。

もしかして伊織も――

そう考えようとして、かぶりを振る。

今は期末考査のことだけを考えよう。彼の番《つがい》として胸を張れる結果こそが、私にできる唯一のことなんだから。

「わかった。考査頑張ろうね」

それだけ伝えるのが精いっぱいだったけれど、伊織は満足したようにうなずいてみせた。

寮に帰り着いた頃には、さえざえとした満月が私たちを見下ろしていた。

十　君がために

青藍《せいらん》学園の期末考査は、座学、実技、陽月《ようげつ》の課題の三パートに分かれている。

座学は文字通りペーパーテストで、実技は学んできた陰陽術の習熟度を確かめるテスト。

この二つは各個人で受けて、その結果が成績に加算されていく。

そして陽月の課題の結果がここに上乗せされることで、最終成績が決まる仕組みだ。

期末考査までの間、私と伊織《いおり》はわき目も振らず勉強と鍛錬にいそしんだ。とはいえ、前回の反省を活《い》かして無理はせず、睡眠時間をちゃんと取ることも忘れない（そもそも伊織が許してくれない）。

その甲斐《かい》あって、座学と実技の成績は二人とも申し分ない結果だった。

残るは、明日実施される『陽月の課題：参』のみ。ここで無様な結果となれば、これまでの成績は簡単に覆されてしまう。それほど期末考査における課題の占める割合は大きいのだ。

「例年、参の課題は実戦だって話だよね」

私の言葉に、燐《りん》がそうそうと頷《うなず》いた。

「いつもより大がかりなものになるみたいだよ。といっても学生の僕らが倒せないような相手じゃないだろうけど……」

「んー低級妖魔なんてほっといても湧くとはいえさ。そんな手頃なのって都合よく現れるもんなの？　戦ってみないとわかんなくない？」

柳星《りゅうせい》のもっともな疑問に、燕星《えんせい》がふんと鼻を鳴らした。

「どの程度の相手なのかは、陰陽寮《おんみょうりょう》が判断するんだろ。たかがテストで死人出すわけにもいかないんだから」

「あ……でもあったらしいよ」

燐の発言に私は思わず「えっ」と声をあげる。

「まさか死人が出たの？」

「だいぶ前らしいんだけど、そういう話を聞いたことがあるんだ」

それを聞いた私たちは、そろって顔を見合わせた。

青藍学園で行われる実戦は、本物の妖魔相手に行われるから危険がないわけじゃない。それでも死人が出るほどの危険を感じたことは一度だってないし、それが当たり前だとどこかで思っていた。

柳星がでもさ、と燐を見やる。

「それってほんとにマジな話？　こういうのって尾びれ背びれ付きまくるもんだし」

「確かに僕も詳しい話は知らないからね。単なる噂《うわさ》かも」

なんだ、ただの噂か。ほっと緩みかけた空気を今度は伊織があっさりと覆す。

「いや。その話は事実だ」

「え……東条《とうじょう》、本当なの？」

「俺も詳しい話は知らないが。父から聞いたから間違いないと思う」

私たちの間に沈黙が流れた。

当時何が起きたのかは分からないけれど、あの東条伊佐也《いざや》が嘘《うそ》をついていないことだけは確信できる。それだけに皆、何を言えばいいのか分からないのだ。

重苦しい空気を見かねたのだろう、燕星が小さく吐息を漏らしながら言いやった。

「どっちにしろ昔の話だろ。今は妖魔検知システムも精度が上がってるし、そうそう事故なんか起きんだろ」

「三船《みふね》の言う通りだな。警戒は必要だが、心配し過ぎるのもよくない」

続く伊織の言葉にみんなで頷き、ようやく空気がいつもの調子に戻った。期末考査の実施要項を眺めていた柳星が、そういえばと私を振り向く。

「前から思ってたんだけどさ。広瀬《ひろせ》って実戦になったとたんキャラ変わるよね」

「そうだっけ？」

きょとんとする私に、燕星がしれっと同意する。

『『近づく奴は全員殺す』って霊気が言ってる』

「いやいや、さすがにそれはないから～ねえ燐？」

笑いながら燐を見やると、ぎくりとした表情で視線を逸《そ》らされた。

「えっ……東条？」

「俺はノーコメントで」

「ちょっ……なにそれどういうことだよ！」

そんなに怖い顔をしているんだろうか。とにかく一生懸命やっているだけなんだけど、伊織が引くほどなんだとしたらちょっと困る……いや何が困るのかと言われるとあれだけど！

しょんぼりしている私を見て、伊織は笑いながら頭をぽんとやった。

「それだけ集中してるってことだ。頼りにしている」

〝頼りにしている〟──この言葉だけで、すっかり気分が上がるんだから私も単純なものだ。番としての役目をちゃんと果たせているのだと、安心できるから。

放課後、私は日課にしている伊織との鍛錬を断り、久しぶりに燐を誘って屋上に来ていた。

裏山での一件のあと、彼にはお礼を伝えてひとまず以前のように話せるようにはなっていたんだけれど。二人でゆっくり話す機会を、なかなか持てないでいたから。

「うわ……さすがに七月になると暑いね」

燦々《さんさん》と照り付ける太陽が、コンクリートをじりじりと焼いている。日陰に避難した私たちは、購買で買ってきた炭酸飲料で喉を潤す。汗をかいた体に、しゅわしゅわした喉ごしが心地いい。

しばらく二人で見慣れた景色を眺めながら、とりとめのない話をした。少しだけぎこちなかった会話も、時間が経《た》つうちにすっかり今まで通りになっていく。

「そういえば、満月《みつき》ちゃんを襲った彼……退学になったんだってね」

「あ、うん……そうみたい」

「東条君は何か言ってたの？」

燐の問いかけに、かぶりを振った。あの日のことを伊織は私の前で一切触れようとしない。きっと思い出させないよう気を遣ってくれているんだろう。

宮崎《みやざき》の退学について、彼が関わったのかどうかは分からない。ただ裏山の件は表沙汰になっていないにもかかわらず、その後タイミングを見計らったかのように、宮崎にまつわる別の悪事が次々と告発されて——

どうやら彼は取りまきや気が弱いクラスメイトを使って、特進クラスや気に入らない生徒の弱みを握ったり、ときには怪我《けが》をさせたりしていたそうだ。そのやり方があまりに酷《ひど》いってことで、退学処分は免れなかったんだとか。

「宮崎君を告発したのって、彼の言いなりになっていた生徒たちらしいよ」

「えっ……そうなの？」

驚く私に燐は目配せした。

「彼らの勇気を後押しした人がいるのかもね。そのおかげで救われた生徒もたくさんいるだろうし」

燐の言葉を聞いて、夜行祭《やこうさい》で助けた生徒を思い出す。彼がこの件に関わっていたかは分からないけど……。宮崎に傷つけられた人たちがこれ以上傷つかなくて済むのなら、きっとこれでよかったんだ——そう、思うことができた。

「あ、そうそう。この間更紗《さらさ》ちゃんから連絡来たよ」

燐の報告に、私はそうだったと話題を切り替える。

「久しぶりに三人でお茶しようって話してたんだ」

「いいね。この前更紗ちゃんが青藍に来た時はびっくりしたよ。注目の的だったからとても話しかけられなかったけど」

「だよね。校門前に車をつけるのはやめるよう言っておいたから」

また大騒ぎになったら大変だと笑い合って。更紗とお茶にいくスケジュールを互いに確認しながら、私はぽつりと告げた。

「ありがとね、燐」

「うん？」

「また前みたいに接してくれて」

顔を上げた幼馴染《おさななじみ》は、困ったようにかぶりを振った。

「お礼を言いたいのはこっちの方だよ。満月ちゃんに嫌われたって思ってたから」

「私が燐のこと嫌いになるわけないじゃない。ただ申し訳なくて……ずっと謝りたかった」

それを聞いた彼の表情が、苦しげなもの変わる。

「満月ちゃんが謝る必要なんてない。そんなつもりじゃなかったんだ」

「うん。わかってる」

燐は私に謝ってほしかったわけじゃない。自身の中にあるどうにもならない想《おも》いが、彼の中にもあっただけ。

そのことに気づかなかった私の幼さが、あんなことを言わせてしまった。

「でもこれは私なりのけじめだから。ちゃんと私の気持ちを伝えさせてくれないかな」

驚いたようにこちらを見つめた燐は、やがて小さく頷く。彼と向き合った私は小さく深呼吸し、何度も頭のなかで繰り返した言葉を口にした。

「燐、今までずっと甘えててごめん。何も気づいていなくてごめん。燐がいてくれたから、不安だった学園生活をやってこられたと思ってる。でももう……これからは私のためにじゃなくて、燐自身のために生きてほしい」

もし彼が学園を去ることになっても、笑顔で送りだそう。そう心に決めて、今日ここに来た。

しばらくの間、燐は俯《うつむ》いて黙り込んでいた。私はどんな言葉でも受け止める覚悟で返事を待っていたんだけれど——顔を上げたときの彼は、想像もしていないほどすっきりした表情を浮かべていた。

「僕、もう決めたんだ。この先何があっても、満月ちゃんを支えていくって」

「えっ……でも」

「僕がそうしたいんだ。駄目かな？」

こちらを見つめる大きな瞳は真剣そのもので、思いつきで言っているようには見えない。

「僕にとって満月ちゃんは、出会ったときからずっと大切な女の子だから。これからもそれは変わらないよ」

「でも……燐はそれでいいの？」

彼の気持ちに応えることはできないから、けじめをつけたつもりだったのに。けれど燐はそんなことは分かっているとでも言わんばかりに、うなずいてみせた。

「東条君のこと大切にね。彼とならきっと、満月ちゃんの願いは叶《かな》えられる」

そう言って微笑《ほほえ》む彼を見ていると、自分がいかに浅い考えだったかを思い知らされるようで。いたたまれず、顔を覆う。

「ど、どうしたの？　満月ちゃん」

「うー……とことん私って馬鹿だ」

「えっ？」

私が言うべきことなんて、最初からひとつだったのに。結局いつも、彼の強さと優しさに支えられてばかりだ。

顔を上げた私は心配そうにこちらを窺《うかが》う燐の前で、一度だけ深呼吸し。彼と向き合うと、めいっぱいの笑顔で告げる。

「ありがとう。燐と出会えたことが、私の誇りだよ」

この先いつか違う道を歩くことになったとしても、一生それは変わらない。

出会ったときから大好きで、大切な幼馴染。

燐は大きな瞳をぱちぱちとさせてから、はにかんだようにうなずいた。

「こちらこそありがとう、満月ちゃん」

燐と別れて寮に戻ると、伊織が帰りを待ってくれていた。

「おかえり。越谷《こしがや》とは話せたのか？」

「うん。いろいろちゃんと話せた」

「そうか。よかったな」

きっと何を話したか、気になっているだろうに。何も聞かずにいてくれる彼が、無性に愛おしくなってしまう。

「東条のこと大事にしろって言われたよ」

「えっ……………そうか」

複雑な表情をしている伊織に、思わず笑みをこぼす。

寮での私たちは、基本的にはこれまでと同じように過ごしている。

未婚の男女が同じ部屋にいるのはやっぱりよくないからと、伊織は部屋を分けてもらうことも考えていたみたいだけど……私が反対した。急に部屋を分けるなんてどう考えても怪しまれてしまうし、何より彼の傍《そば》にいたかったから。

もちろんお互い異性だと意識し始めたら生活に支障が出るんじゃないかって、心配がないわけじゃない。でもよくよく考えたら伊織はずっと前から私が女だと知っていたわけで、以然とそれほど変化はないはず……だったんだけれど。

その夜、お風呂から上がった私が洗面所を出ると、伊織はベッドで参考書を眺めていた。

「東条、お風呂空いたよ」

ああとこちらを見た彼が、ぎょっとした表情で視線を逸らした。

「お前……なんて格好してるんだ」

「え？　何が？」

自分の姿を見てみるも、いつものTシャツとショートパンツで特におかしな点はない。

「脚だ、脚！　男の前で露《あら》わにするな」

「ええ……でもずっとこの格好だったし……」

確かに肌寒い時期はスウェットを着ていたけれど、暑くなってからはこの服装で過ごしていたのに。

「いやだから……ずっと俺は目のやり場に困ってたんだ」

「ご……ごめん」

そんなに顔を赤くされると、こっちまで意識してしまう。今まで何も気にしていなかったのに、急に彼の前で素足を晒《さら》していることが恥ずかしくなってきた。

「もうお前は本当に危なっかしいから、何度冷や冷やしたことか……。とにかくその格好は今後駄目だ」

「わかった……あ、でも今ちょうど洗濯で着替えを切らしてて。冬用のはさすがに暑いから さ……」

えへへと頬をかくと、伊織は「仕方ないな」とため息をついてから、自身のクローゼットをあさり始めた。

「これでも着ておけ」

「えっいいの？　ありがとう」

手渡されたのは、薄手の上下ルームウェアだった。後になって考えてみると上まで着替える必要がなかったのに──さっそく着替えてみたら、案の定ぶかぶかだ。

（わ、東条のにおいがする）

気恥ずかしいのと嬉《うれ》しいのとで、なんだか胸がどきどきする。袖と裾を適当にまくり上げ、カーテンを開けた私を見て、伊織は目を見開いてからぼそりと呟《つぶや》いた。

「……想定外の破壊力《彼シャツ》だな……」

「ん？　なんか言った？」

「なんでもない」

近寄ろうとしたらぷいと顔をそむけられてしまい、むっとする。

「ちょっと東条。さっきからまともにこっち見ないし、どういうつもりだよ？　こっちは言われた通りに着替えたっていうのに」

それでも目を合わせようとしない伊織に業を煮やし、詰め寄ろうとしたところでうっかり裾をふんづけてしまう。

「わわっ！」

転びかけた私の身体《からだ》を、すかさず彼が抱き留めた。けれど体勢が悪く、バランスを崩した私たちはそのままベッドに倒れ込んでしまう。

「ご、ごめん！」

伊織の上に乗っかった状態になっているのに気づき、慌てて身体を離そうとする。けれど私の腰に回された彼の手に力がこもり、身動きが取れない。

「東条……あの……」

鼻先が触れそうなほどに近い顔が、こちらを見あげていた。さっきは目も合わせてくれなかったのに、こんなに近くで見つめられたらどうしたらいいかわからない。

「……お前が悪い」

それだけ呟いた伊織は片手で私の身体を抱きしめたまま、もう片方の手で頬にかかる私の髪を掬《すく》いあげた。その仕草が艶っぽくて、心臓が飛び上がる。

彼の手の甲が、頬に触れた。そのまま指の背で撫《な》でられていると、手つきの優しさに背筋がぞくぞくする。

「〜〜〜〜！」

耐え切れなくなった私は、近くにあった枕を伊織の顔に押し付けた。

「もうっ馬鹿！」

拘束から抜け出した私は、転がるようにベッドから下りた。慌てふためく私を見て、彼はおかしそうに謝る。

「悪い。広瀬の反応が可愛《かわい》かったからつい」

「か……!?」

可愛いとかそう簡単に言わないでほしい。というか伊織ってこんな悪戯《いたずら》をする人だったの!?

これまでになかった甘さと気恥ずかしさで、彼の顔を見られない。クッションに顔をうずめていると、背後から声がかかった。

「なあ広瀬」

「……何」

「舞踏会の翌日、父との会話を聞いたのか」

思わず振り向くと、黒曜石みたいな瞳がじっと私を捉えていた。仕方なくうなずいてみせると、やはりかという色を浮かべる。

「東条に婚約者がいるんだって知って……動揺した。考えてみれば当たり前のことなのにね」

「まだ正式に決まったわけじゃない。それに俺はこの縁談を断るつもりでいる」

「えっ……」

どうしてと問う視線に、彼は穏やかに告げた。

「お前にダンスを申し込んだときに、腹を決めたんだ。もう東条家の言いなりにはならないって」

その告白に、一瞬言葉を失《な》くしてしまう。

「……やっぱり〝私〟だって気づいてたんだ」

「息が止まるかと思ったよ」

うなずきながら微苦笑する伊織を見ていると、嬉しさで胸がしめつけられた。

満月としての私を、女としての私を、彼は見抜いてくれたんだ。ならあの時、ダンスに誘ってくれたのは――

浮き立ちそうな心を、ぐっと押さえつける。

私の中にある伊織への想《おも》いは、まだ心の中に置いておきたかった。

婚約者以外の相手を誘うなんて、当時の彼にとって相当な勇気と覚悟が必要だったはずだ。それでも私を選んでくれた事実を、今は大事に受け止めておこうと思う。

「あの日、俺は生まれて初めて父の命令に背いた。でも後悔はしていないし、今後も納得がいかないことは応じるつもりはない」

そう言い切った伊織の瞳は、強い光を宿しているように見えた。これまでの静謐《せいひつ》とした強さじゃなく、立ちのぼるような熱を帯びた光。

「でも大丈夫なの？　東条家から追放されちゃったりとか……」

「元々家を出るつもりでいたから、どうってことはないさ。むしろ俺がいないと困るのは東条家の奴らじゃないか？」

言われてみれば確かにそうだ。他に適任がいなかったからこそ、見捨てたも同然だった伊織を半ば強制的に後継者にしたのだろうから。

「俺は俺の意志で上を目指し、やりたいことをやる。誰にも文句は言わせない」

「そっか……じゃあそのためにも、明日の課題頑張らなくちゃね」

「ああ」

どこか憑《つ》き物《もの》が落ちたような伊織の笑みが、私の心に響いた。

選ばされた道から踏み出そうとする彼の傍に在りたい——私の中ではっきりと形づくられた願いはますます強く、揺るぎないものになっていく。

家族のために。そしてたったひとりの大切な、パートナーのために。

明日は必ず、首席を取ってみせる。

そんな誓いを胸に抱き、私たちは就寝した。

○

翌朝は、雲ひとつない晴天だった。

参の課題が行われる臨界《りんかい》の森へ赴いた私たちは、これから行われる実戦にみな一様に表情を硬くしている。

「境域結界が近いだけあって瘴気《しょうき》が濃いね……」

臨界の森には妖界との境があり、陰陽寮《おんみょうりょう》による強力な結界が張られている。通常のものとは違い、数百年にもわたって時の陰陽師たちが維持してきた砦《とりで》だ。

この森に入るまでは汗が噴き出るほどの暑さだったのに、今は薄暗くて肌寒い。何よりずっと肌にまとわりつくような圧迫感が、私たちの侵入を拒んでいるかのようで。

「命が惜しけりゃ絶対に道を外れるなよ。ここで神隠しに遭ったら助けられないからな」

日下《くさか》先生の忠告に、周囲をそれとなく見渡してみる。姿は見えないけれど、多くの目がこちらを品定めしているのが伝わってきて、ぶるりと身を震わせた。

（だめだめ。怖がってる場合じゃない）

今日の結果で期末考査の成績が決まるのだ。せっかくここまで順調にきているのに、気持ちで負けるわけにはいかない。

隣で歩く東条を見あげると、いつもと変わらない横顔があった。動揺ひとつにじませない姿を見ていると、不思議と気持ちが落ち着いてくる。

（以前はあの横顔が、遠く感じていたのに）

他者など必要としていないような孤高のたたずまいに憧れ、いつかは超えたいと目指していた。けれど今は目指すもののために、ただまっすぐ未来を見つめている横顔なのだと知っている。

「……俺の顔に何かついているか？」

こちらに視線を寄越した伊織が、気恥ずかしそうに訊《き》く。

「ううん。東条の顔見てたら、安心するから」

そうかと頷《うなず》いた彼は、白手袋を嵌《は》めた手で私の背をぽんとやった。

「大丈夫だ。俺は広瀬を信じてる」

うっそうとした雑木林を抜け、たどり着いたのは大きな洞窟の前だった。ぽっかりと空いた入り口はワンボックスカーくらい通れそうで、冷たい空気が絶えず漏れ出てきている。

先生の説明によれば、数日前から奥に妖魔が住み着いているらしい。

「陰陽寮の偵察部隊によれば、中にいるのは牛鬼《ぎゅうき》。今の諸君には少々荷が重い相手だが、訓練通りやれば倒せるはずだ」

説明された作戦はこうだ。

選抜されたメンバーが洞窟の奥に向かい、牛鬼を引き付けながらいったん退却する。狭い穴での戦闘を避け、こちらに有利な場所に引きずり出したところを全員で叩《たた》くという算段だ。

強敵相手に迂闊《うかつ》な行動はできないし、首尾よく作戦を終えるには他ペアとの連携が欠かせない。みな口にしなくてもそのことを理解しているのだろう、対牛鬼の装備を整えながら、あちこちで打ち合わせが始まっていた。

「燕《えん》、牛鬼って頭が牛で体が蜘蛛《くも》のやつであってる？」

呪符の選別をしていた柳星の質問に、燕星が淡々と答える。

「頭が鬼で体が牛の場合もあるみたいだな。どっちにしろ、人を食うようなヤバいやつだ」

「なら絶対にここで仕留めないとね」

私の宣言に、燐や伊織たちも頷く。妖魔を倒すのは自分たちのためでもあるけれど、犠牲者を出さないのが本来の目的だ。青藍にいる生徒たちは様々な立場や考えの人がいるけれど、みなこの想いは共有している。

「俺思うんだけどさー。この作戦、広瀬たちを主力にしてやるのが効率良くない？」

柳星の発言に、周囲の同期生たちが一様に賛同した。

「でも柳星たちも攻撃型だよね？　壱の課題の時も一番に終えてたし」

「俺らは数を相手にするぶんにはいいんだけどねー。単騎強行タイプとあんま相性良くないから」

「脳筋は脳筋とぶつけんのが定石だしな」

「ちょっ燕星！　脳筋って！」

憤慨する私に苦笑しながら、伊織が同意してみせた。

「俺も三船たちの意見に賛成だ。今回は広瀬の力を最大限活《い》かせるよう、みな協力を頼むよ」

本当にいいんだろうか、みんなそれぞれやりたいことがあるんじゃ……って心配したけれど。誰ひとり不満そうにしていないどころか、当たり前のように受け入れてそれぞれの役割を模索している。そんな同期生たちの姿を見て、ようやく気づいた。

この場にいる誰もが、作戦を成功させることだけに注力しているんだ。一学園生ではなく、命を懸ける同志として。

だから私も甘い考えは捨てることにした。そうじゃなきゃ、私を信頼してくれる彼らに失礼だ。

作戦開始直前、集合場所へ向かう私たちに海里《かいり》と紀美彦《きみひこ》が声をかけてきた。

「広瀬、東条。俺たちも今回、君らのサポートに入らせてもらう」

「えっ……いいの？」

予想外の申し出に驚いていると、紀美彦がふんと言いやった。

「僕らは元々、援護型だからね。不本意ではあるが、暴れリス君の馬鹿力をカ・ン・ペ・キに補強してやろうって話だ」

「まあそういう訳で頼らせてもらうよ。よろしく」

苦笑を目元に漂わせる海里に、そんなとかぶりを振る。

「頼るだなんて、こっちこそだよ。二人がサポートしてくれるなら心強いし。ね、東条?」

「俺は佐久間《さくま》ほどの結界は張れないし、仙遊寺《せんゆうじ》ほどの浄化術も扱えないからな。助かるよ」

「勘違いしてもらっちゃ困るよ。今回だ・け・だ!」

捨《す》て台詞《ぜりふ》を吐いて紀美彦は後方に去っていったけれど、ちらりと見えた扇子で隠された横顔は赤くなっていた。

集合完了の合図が鳴り、洞窟の前で待機しながら、私は思う。

伊織と番《つがい》になってから、いろいろあったけれど。

彼との絆《きずな》が深まっただけでなく、こうして同期生たちと同じ方向を目指せるようになったことが、たまらなく誇らしい。

傍らに立つ伊織と目で頷き合い、腰に携えた愛刀を手に小さく深呼吸した。意識が集中するとともに、視界が鋭く冴《さ》えわたってゆく。

私を信じてくれたみんなの期待に応えたい。

必ず、勝つ。

「――行こう」

参の課題が、始まった。

○

進入したばかりの洞窟内に、轟音《ごうおん》が響き渡る。

何事かと振り向いた私の目に、入り口付近の天井や壁が一斉に崩れ落ちるのが映った。

「巻き込まれるぞ！」

伊織の怒号に慌てて洞窟の奥へ避難し、音が収まるのを待つ。付近にいる友人たちの数を確かめてから、私はそろそろと息を吐いた。なんとか全員、無事だったようだ。

光がまったく届かなくなった洞窟内に、広域照灯霊具の明かりがともる。

夜戦用に開発されただけあって、眩《まぶ》しすぎずかつ、広範囲を照らしてくれる優れものだけれど、まさかこんなに早く使うことになるとは。

白々と照らされた岩の塊を、私たちは唖然《あぜん》と見つめていた。

ついさっきまで入り口だった場所は、崩れた土石や泥で完全に埋まってしまっている。

駆け寄った伊織と海里が積み重なる岩を動かそうとしたけれど、まったく動く気配がない。

「……完全に塞がれたな」

伊織の呟《つぶや》きに、柳星の表情が蒼白《そうはく》なものに変わった。

「え、じゃあ俺たち閉じ込められたってこと？」

「最悪なことに牛鬼と一緒にな」

燕星の舌打ちに、その場にいた全員が息を呑《の》んだ。なぜこんなことになったのか、必死に考えてみたけれどまるで分からない。

洞窟内はそれほど広くないため、牛鬼をおびき出す役目は成績上位の番——東条・広瀬、三船兄弟、仙遊寺・佐久間の三ペアが選ばれていた。

作戦開始と同時に六人が洞窟へ入り、その少し後から引率の先生が付いてくるはずだったんだけど……。生徒が入り終えたところで突然入り口が崩れ、奥へ逃げた私たちだけが閉じ込められてしまった。この先にいるはずの牛鬼と共に。

外の様子を窺《うかが》おうと耳を澄ましてみたけれど、空気が遮断されているせいでほとんど聞こえない。

「先生たちも助けようとはしてくれてるだろうけど……この様子じゃしばらく出られそうにないね」

あれほど大きな入り口を塞いだ土石が、簡単に取り除けるとは思えない。海里も認めたくないがと言った様子で同意した。

「救助を待っている間に牛鬼に食われるだろうな」

「まったく……君たちと絡むと碌《ろく》なことが無いよ。まあいい、出られぬならさっさとソレを屠《ほふ》るまでのこと」

扇子をぱんと閉じた紀美彦が、狐《きつね》のような目をさらに細めた。柳星が冗談じゃないといった様子で言いやる。

「本気で言ってんの？　中でやるのがキツいからおびき出すって話だったのに、正気じゃないでしょ」

「全員食われるのを待つのも正気とは思えんが？」

燕星の反論に柳星はぐっと言葉を呑み込んだ。やがて片手で顔を覆うと、はあとため息をつきながら苦い笑みを浮かべ。

「俺らに与えられた選択肢なんて、はなから一つってことか」

洞窟の奥へ視線を向けていた伊織が、ちらりと私を見る。はっきり頷いてみせると、彼は全員の意思を確認するように見やってから、宣言した。

「やるしかないな」

洞窟深部へ向かってから、十分ほど経《た》っただろうか。

水の滴る音が絶えずどこからか聞こえ、乾いていた地面は湿り気を含み、所々ぬかるむようになっている。

奥に進めば進むほど、気温が下がっていくのを肌で感じた。寒さで動きが鈍らないよう、かじかむ手を動かしながら私たちは慎重に歩を進める。

「もうそろそろかな」

私の言葉に、海里が時計を確認しながら頷いた。

「歩いた距離と経過時間を考えると、〝巣〟は近いはずだ」

陰陽寮の事前調査で、牛鬼のねぐらの位置はだいたい判明している。作戦前に渡された簡易地図を頼りに、なだらかに湾曲した道を抜けるとやや開けた場所に出た。

広さはテニスコートくらいだろうか、ドーム状の天井も結構な高さがあり、でこぼこと隆起した地面には何か大きなものが這《は》ったような跡がある。

そこから更に続く道の奥から、湿った空気がすえた臭いと共に漂っていた。

この先が〝巣〟だ。

そう確信した私たちは互いに目配せし合い、あえてその場で挑発するように声を上げる。

燕星が投げた呪符が派手に爆発した直後、奥から凄《すさ》まじい咆哮《ほうこう》が響いた。

「来るぞ！」

全員が臨戦態勢を取ると同時、地を這いずる音を引き連れ巨大な蜘蛛が現れた。長い手足の先には鋭い爪が光り、禍々《まがまが》しい鬼面には牛のような角と大きな牙。

襲い掛かってくる牛鬼に対して、紀美彦と海里が素早く障壁結界を展開させた。動きが阻害されたところを狙い、柳星と燕星がほぼ同時に炎弾を射《う》ち込む。

「広瀬今だ！」

牛鬼の身体《からだ》に駆け上がった私は、ありったけの力をこめて霊刀を振り下ろした。額を深く切りつけた刹那、ひび割れんばかりの悲鳴が上がる。

牛鬼はもがくように暴れながら、こちらへ向け突進してきた。私に向かって振り下ろされた爪を、すかさず伊織が刀ではじき返す。

しばらくは互角の戦いが続いていた。牛鬼は確かに凶暴で力も強いけれど、動きはそれほど複雑じゃない。相手の動きに慣れていくうちに、私たちの連携もより精度が上がっている。

ただ限られた場所でのやりとりは、常に紙一重だ。誰かが大きく崩れたとき、この均衡はあっさりと崩壊してしまう。みなそれが分かっているからこそ、細心の注意を払っていたのだけれど。

時間の経過とともに、私たちの疲労は確実に蓄積されていた。空気の流れの悪い洞窟内では、息苦しさも増してくる。

「くそ……さすがにきついね」

息を切らせた柳星が額に浮かんだ汗を拭った。その隣では燕星が肩で息をしながら、腕から流れる血を振り払っている。

「三船弟君下がりたまえ、その腕で戦われては困るよ」

「これくらい平気だ。あんたこそ倒れる前に下がっておけ」

燕星の言う通り、最も疲労の色が濃いのは紀美彦だ。このメンバーで傷を癒《いや》せるほどの浄化術を使えるのは彼だけで、全員の回復役を一手に引き受けている。

「……このままじゃジリ貧だね」

度重なる攻撃を受けた牛鬼の動きも悪くなってはいるけれど、討伐には至っていない。このまま長引けば、先に追い詰められるのはこちらの方だ。

（ほんの数秒隙があれば、決定打を打ち込めるのに）

その余裕すら作り出せない状況に、私は歯噛《はが》みする。じりじりと切迫する状況に、皆焦りが生まれ始めていた。

唸《うな》り声をあげた牛鬼が水平に爪を振り抜いた。このメンバーなら避けられる攻撃のはずだけど、疲労と怪我《けが》で動きの鈍った燕星の反応が遅れた。

「燕！」

間に割り込んだ柳星が攻撃を受け止めようとして、壁に打ち付けられてしまう。その場に倒れ込む兄を見て、燕星が一瞬で総毛立った。

「なにやってんだ柳！」

駆け寄ろうとする燕星を狙い、牛鬼が再び襲い掛かる。その動きを伊織が阻みながら叱《しっ》咤《た》した。

「落ち着け三船！　お前まで落ちたらここはもたない！」

「くそ……っ！　いつも俺のことなんか便利屋扱いしてるくせになんでこういう時ばかり！」

手負いの燕星に代わり海里が柳星を運び出したものの、意識を回復させる余裕なんてない。

皆霊力の大半を使い果たし、既に限界に近い状態だった。

■■

伊織は額の汗を拭いながら、メンバーの状態を冷静に観察していた。

（もってあと二、三回といったところか）

牛鬼の攻撃をまともに受けられるのは。それまでに仕留められなければ、全員ここで死ぬだろう。

ちらりと見やった先で、名月《なつき》が息を切らせていた。けれどその目は光を失ってはおらず、ただ前を見据えている。極限状態にある彼女の霊気は刃のように鋭く、傍《そば》にいると気圧《けお》されるほどで。

伊織は視線を前に戻し、小さく息を吸った。

「広瀬」

「何？」

「俺を信じられるか」

「聞くまでもないよ」

迷いのない即答に、わずかに微笑する。いつだって名月が出す答えは、自身の覚悟を押し上げてくれる。

きっと彼女なら、どんな無謀な策を提示したとしても、やってのけるだろう。

その鮮烈な輝きに恋焦がれ、心の底から欲しいと思った相手なのだから。

「今から俺たちが必ず隙を作る。お前はまっすぐに向かって、奴の首を落としてくれ」

こちらを一瞬だけ見た名月は、「わかった」とだけ言った。

何ひとつ、疑いの無い目で。

伊織は燕星と海里にサポートを頼み、紀美彦には万が一のために待機するよう伝える。

「冗談じゃない、僕はまだやれる。侮らないでもらおうか」

「分かってくれ仙遊寺。柳星のこともあるし、最後まで広瀬を護《まも》れるのはお前だけだ」

真剣なまなざしで告げると、紀美彦は悔しそうに後方に下がった。攻撃の要である名月だけは、必ず護らなければならない。

みな口にせずとも、そのことを理解しているから。

チャンスは牛鬼が大掛かりな攻撃を仕掛けてきたとき。疲労の色が濃かった空気が、一気に張り詰める。

幾度かのフェイントを仕掛けたのち、苛立《いらだ》った牛鬼の咆哮があがった。

襲いかかってくる巨大な爪を、伊織はいなさずその身で受け止めた。動きを止めるには
──来る。

この方法しかないと判断したからだ。

鋭利な切っ先がじりじりと腹部に食い込み、喉元に血が溢《あふ》れてくる。それでも絶対に放すまいと、気力を振り絞って〝そのとき〟を告げた。

「行け、広瀬！」

まっすぐに走り抜けた名月が、宙に舞ったように見えた。その手元で翻る霊刀を、伊織は美しいと思った。

さえざえとした月のように、冷たく研ぎ澄まされた刃が、振り下ろされる。

斬撃音が鳴り響いた瞬間は、まるで時間が止まったかのように誰ひとり身動きができなかった。

背を向けて立つ名月の前で、動かなくなった牛鬼の首が落ちたのを見届けたとき──伊織の意識は途切れた。

「やった……」

荒い息を吐きながら、私は落とした首を見下ろしていた。屍《しかばね》となった体軀《たいく》は、完全に動きを止めている。

勝ったという喜びよりも、助かったという安堵《あんど》の方が強かった。刀を握っていた手が、今になって震えが出てくる。

「東条、倒したよ。みんなありが――」

そう言いながら振り向いた先で、赤い色が広がっていた。

血だまりの中で倒れている伊織を、紀美彦が必死の形相で介抱している。その様子を海里と燕星が呆然《ぼうぜん》と見つめていた。

「……え……どういうこと……？」

何が起きているのかまるで理解できなかった。倒れているのは伊織で、あの大量の血も伊織のもので――全身から血の気が引くのがわかった。立ち尽くしていた燕星が呟くように言う。

「……東条が、身を挺《てい》して牛鬼の動きを止めた」

「で……でも三人で動きを止めるって」

「俺らもそのつもりだった！　けどこいつは一人で……っ」

伊織から聞かされていた作戦では、牛鬼が攻撃を仕掛けてきた瞬間、三人同時に牽制《けんせい》攻撃を行うものだったそうだ。けれど実際は伊織がその身で攻撃を受けることで動きを止めたのだと言う。

「おそらく東条は最初からそのつもりだったのだろう」

苦渋の表情を浮かべる海里に、震えながら問い返す。

「な、んで……」

「正直なところ、牽制を与える程度で牛鬼の動きを止められるとは思えなかった。誰かがやらなくてはならないことだった」

自分がやると言えば皆が止めると分かっていたから、誰にも言わず実行に移したのだろう。そんな海里の言葉は途中から耳に入らなくなっていて。

ふらつく足で伊織の傍に歩み寄り、ぴくりとも動かない顔に恐る恐る触れた。生気を失った頬は冷たく、呼吸すら感じられない。

「嫌だよ、東条」

かぶりを振りながら、血濡《ぬ》れの身体にすがる。なんの反応も見せない彼に、取り乱しながら喚《わめ》いた。

「目を開けてよ！　ずっと僕の番《つがい》でいるって言っただろ！」

「うるさい！」

紀美彦の怒鳴り声に、びくりと口を噤《つぐ》む。額に青筋を浮かべた彼は、鬼のような形相で言い放った。

「こいつは絶対に死なせない……！　黙ってそこで見てろ！」

とっくに限界は超えているだろうに、気力を振り絞るように回復術をかけ続ける姿はあまりに鬼気迫っていて、私たちはただ呆然と見守るしかなかった。髪を振り乱し、両の手を血まみれにしながら、紀美彦は伊織に向かって呼びかけ続ける。

「起きろ東条……！　貴様はこんなところで死んでいい人間じゃないだろう！」

けれど伊織に反応は無い。何度も何度も同じことを繰り返し、もう駄目かと思われたとき、ほんの僅か指先が動いたように見えた。その直後、突然伊織の胸が大きく息を吸い込む。

「東条！」

必死に呼びかけた先で、閉じられていたまぶたがゆっくりと開いた。黒曜石みたいな瞳がこちらを捉え、ほんのわずか細められる。

「……ああ、広瀬。無事だったんだな」

それを聞いた瞬間、涙が一気にあふれ出た。めちゃくちゃになった感情で泣き崩れる私を見て彼は驚いていたようだったけれど、傍で見ていた紀美彦に気づきわずかに微笑する。

「なんとか生き残ったみたいだな」

「ありがとう仙遊寺、ありがとう……!!」

ぼろぼろと泣く私と伊織を、交互に見て。紀美彦は倒れ込むようにへたりこんだ。海里が支えようとするのも構わず、ただ呆《ほう》けたように呟《つぶや》く。

「よかった……」

見開かれた目から涙がひと筋、こぼれ落ちた。その流れはとどまることを知らず、彼はその場に子どものようにうずくまってしまう。

「よかった……よかった……っ」

傍で見守っていた海里の口元がわななき、震えるような吐息を漏らした。その様子を黙って見守っていた燕星は、目元を拭いながら柳星の元に向かう。

結局、伊織はまたすぐに眠ってしまい心配したけれど。出血は止まりいくぶん良くなった顔色を確認した紀美彦が「これなら大丈夫だろう」と言ってくれた。

救助を待つ間、みんな疲労困憊《ひろうこんぱい》でぼろぼろなのにいつもの様子に戻っていて、そのことにずいぶん私は救われた。

ずっと握っている伊織の手がもう冷たくなったりしないって、不思議と信じられたから。

結　夏の約束

それから、一週間後。

無事洞窟から生還した私たちは、学園から『特別褒章』の授与を受けていた。

あの状況下で死人を出さずに済んだことは前代未聞だと褒めたたえられ、課題の成績も三組が同率首席（他の生徒たちは再試験が行われたそうだ）。元々個人成績の順位が高かった私と伊織《いおり》のペアが、今期の総合首席として期末考査を終えることができた。

「なーんか複雑な気分なんだよね。俺途中から気絶してたし」

柳星《りゅうせい》のボヤキに、燕星《えんせい》がふんと鼻を鳴らした。

「柳が無茶するからだろ」

「そうだけどさー。どうせなら可愛《かわい》い子庇《かば》って気絶したいじゃん？　広瀬《ひろせ》の見せ場も見損ねちゃったし」

「頼むからお前は一度豆腐の角に頭をぶつけるべき」

そんな双子のやりとりに笑っていると、海里《かいり》が問いかけてくる。

「今日も東条《とうじょう》の見舞いか？」

「うん。そろそろ退院できるって言ってた」

「あれほどの怪我だったのに、一週間で退院できるとはな」

驚く海里に「仙遊寺《せんゆうじ》のおかげだよと」返す。

「出血を止めてくれたのがよかったんだって」

あのまま続いていたら、出血のショックで死んでいただろうと先生から聞いた。

それを聞いた紀美彦《きみひこ》の反応はなかったけれど、海里はまるで自分のことのように嬉《うれ》しそうにしていて。

実は最近になって、紀美彦のお父さんが青藍《せいらん》学園生だったとき、課題中に自分を庇った相手を死なせてしまったことを知った。そのことを悔いるがあまり、国家陰陽師《おんみょうじ》になってから過酷な戦域にばかり向かい、若くして戦えない体になってしまったことも——。

紀美彦も海里もそのことについて何も語ることはない。けれどあの日見せた涙は、彼らが背負ってきたものの大きさを教えてくれたように私には思えた。

「あ、じゃあさ。東条が帰ってきたら、ぱーっと祝杯あげよっか？」

柳星の提案に、紀美彦があからさまに嫌そうな顔をする。

「仲良しごっこにつき合うつもりなんぞ無い。……まあ今回はと・く・べ・つに参加してやってもいいが」

「もー素直じゃないなー仙遊寺は」

私は笑いながらそうだと皆を見渡した。

「せっかくだしクラスのみんなも呼びたいよね。あの時外で救助を頑張ってくれたから、助かったんだし」

あの日閉じ込められた私たちを救おうと、燐《りん》を筆頭に皆が奔走してくれていたと聞いた。入り口を塞いでいた岩が取り除かれ、外に出た私たちを見たときの日下《くさか》先生の顔が今でも忘れられない。

「すぐに助けられなくてすまなかった。生きていてくれてありがとう」

そう言って声をつまらせる先生を見ていたら、どれほど厳しい状況だったか分かるというもので。

結局入り口が崩れた原因は調査中みたいだけれど、臨界《りんかい》の森では何があってもおかしくないし……今さらながら、生きて帰れてよかったと思う。

放課後、私は学園に併設されている総合病院に足を運んでいた。

目当ての部屋の前にたどり着き、『東条伊織』と書かれたプレートを確かめると、ドアをノックする。

「ああ広瀬か」

扉を開いた先で、ベッドに座っている伊織が微笑《ほほえ》んだ。入院直後は真っ青だった顔色も、今はすっかり血色が戻っている。

「調子はどう？」

「問題ない。明日には退院だ」

それを聞いた私は嬉しくて、やったと跳ねてしまう。実のところ一人きりの部屋が寂しすぎて、彼の帰宅を夢に見るまでになっていたから。

ベッドの傍《そば》にある椅子に腰かけた私は、いつものように学園であったことを報告した。

「特別褒章の授与式があったから、東条のぶんも貰《もら》ってきたよ」

「そういえば今日だったか」

「東条が退院するまで待ってくれたらよかったのに……学園も融通利かないよね」

不満げに漏らす私に、彼はあっさりと返す。

「構わないよ俺は。大して興味もないし」

「それはそうかもしれないけど……隣に東条がいないのは寂しかったよ」

あの討伐は伊織なくして成しえなかったことなのに。授与の場に彼の姿が無いのが、悔しかったのだ。

私の漏らした本音に、伊織は驚いたように瞠目《どうもく》してから頰をかいた。

「まあ俺としては……今日お前がここに来てくれたので十分だけどな」

「なにそれ、毎日来てるし」

そう言って苦笑してみせると、伊織の伸ばした手が私の手を摑《つか》んだ。はじかれたように彼を見つめると、黒曜石みたいな瞳がじっとこちらを捉えている。

「……東条？」

「広瀬、この間の質問覚えてるか？」

私は裏山でのことだと思い至り、ドギマギしながら頷《うなず》いてみせた。

〝東条はどうしてそんなにも、僕を必要としてくれるの？〟

期末考査が終わったら、答えると約束してくれたんだった。

「約束通り答えるよ。そんなの、お前に惚《ほ》れたからに決まっているだろう」

あっさりと告げられた愛の告白に、一瞬呆けてしまう。こちらを窺《うかが》う彼を見返しながら、私はとんちんかんなことを口にした。

「えっと……惚れたって、東条が？　僕に？」

「他に誰がいるんだ」

じれったそうに言いやる伊織に、あちこち飛びかかっていた思考はやがてひとつの結論に至り、急激に私の情緒を暴れさせた。

「え……ええ〜〜〜」

込み上げる嬉しさと気恥ずかしさのあまり片手で顔を覆っていると、おろおろした声が降って来る。

「もしかして……迷惑だったか」

「違う!!」

勢いよく面を上げた先に、伊織の不安そうな顔があった。いつも揺るぎない目をしている彼のそんな表情を見るのは初めてで、胸がきゅうっとなってしまう。

「嬉しいに決まってるじゃない！　〝私〟だって東条のことが大好きなのに」

「広瀬……」

微かに見開かれた瞳が、一瞬震えた。私の手を握っていた力が強くなり、真剣なまなざしがこちらを捉える。

「ならこの先もずっと、俺の傍にいてくれるか」

うなずく私を見た彼の表情は、喜びと安堵が入り交じったようなものに見えた。少し前まで伊織に迷惑をかけるくらいなら青藍を辞めようと思っていたけれど……今は何があっても彼の隣に立ち続けたい。

そんな願いと覚悟が、私の中にすっかり根を張っている。

「僕が青藍にいる理由は家族のためで、今もそれは変わらない。でも東条の隣に立ち続けることも、譲れない理由になっちゃったから」

命を預け合う番《つがい》として、心を預け合う大切なひととして。

誰にもこの場所を譲りたくないと、強く想《おも》ってしまったから。

伊織は退院したらまず、片桐《かたぎり》家との縁談を正式に断ると言った。

「東条家の人間は色々言ってくるだろうが、『結婚相手は自分で決める』と突っぱねるつもりだ」

結婚相手と聞いて内心どきっとしたけれど、なんとか顔には出さずに。

「これからひと悶着《もんちゃく》ありそうだね」

「望むところさ」

そう言って彼はにやりと笑んでみせる。

「言っただろう？　俺は俺のために上を目指すって。ひとまずの目標は広瀬満月を正式に俺の番にすることだ」

「えっ⁉」

驚いて目を丸くする私に、伊織はことのほか真剣な表情で告げた。

「俺はいつか、広瀬が広瀬のままで生きられることを願っている。そのために必要な手段と力を必ず手に入れるつもりだ」

それはつまり、今の仕組みそのものを変えるほどということで——

彼の目指すものが想像以上に大きくて、すぐには言葉が出なかった。けれどこれまで積み上げてきたものを捨ててでも、このひとは『私《満月》』と共にあろうとしてくれているんだ。

そう思うと嬉しくて、胸がいっぱいで——涙がこぼれそうになってしまう。

「東条、ありがとう」

目尻をぬぐいながら笑ってみせると、伊織は少し身を乗り出しながら右手を伸ばしてきた。大きな手のひらが、私の頬を包みこむように撫《な》でる。

優しげに微笑む彼と目が合い、急に気恥ずかしさが湧き上がってしまう。

「な、なんか照れるね。こういうとき、どんな顔をすればいいかわからなくて」

それを聞いた伊織も「確かに」と苦笑した。

「俺も今まで誰かにこんな感情を抱いたことが無かったからな……正直、どう接すればいいかよく分からないでいるよ」

所在なげに視線を彷徨《さまよ》わせる伊織を見ていると、なんだ自分だけじゃなかったのだと安心したりなんかして。

「別に今まで通りでいいよね。急にこ……恋人同士みたいな振る舞いなんて、できないし」

恋人という言葉を口にするだけで、恥ずかしくて死にそうだ。

「……あ。でもさ、東条って時々すっごく煽《あお》ってくるときあるよね」

あのときとか、あのときとか。もし無意識にやっていたんだとしたら、恐ろしいにも程がある。

「ああそれは……」

伊織は一瞬言い淀《よど》んでから、ちらりとこちらを見やった。

「嫌だったか？」

「えっ、そんなことないけど……」

「けど？」

何もかも見透かしそうな目でじっと見つめられ、仕方なく白状する。

「……どきどきして死にそうだった」

言った瞬間顔が赤くなるのを感じて、それを見た伊織はなぜか堪《こら》えるように息を吐いた。

「ど……どうしたの？」

「……やっぱり今まで通りは無理だな」

ぼそりと呟いた彼は、突然私の手を引いて抱き寄せた。

「わっちょっと――」

その先は彼の唇で塞がれた。ふいうちの口づけは想像以上に甘くて、頭の奥が痺《しび》れてしまったかのように何も考えられない。

ゆっくりと顔を離した伊織は、悔しいくらいに整った笑みでその言葉を口にした。

「悪い。広瀬が可愛くて我慢できなかった」

その悪戯《いたずら》めいたまなざしに、囚《とら》われてしまった私は逃れられそうにない。
長い夏休みが、もうすぐ始まる。

終

あとがき

こんにちは、久生夕貴《ひさおゆうき》と申します。このたびは本作を手に取っていただき、ありがとうございました。

本作はいわゆる『男装女子もの』のジャンルになるかと思いますが、昔から私は学園×男装女子のかけ合わせが大好きで、いつか自分でも書いてみたいと思っていました。

男子校で頑張る女の子が恋に落ちる瞬間は、絶対に明かせない秘密があるからこそ、ドキドキと切なさがセットになって読者を夢中にさせてくれる――そんな魅力があるように、感じています。

本作でもそういった『エモさ』や、学園ものならではのわちゃわちゃ感を大事にしつつ、もうひとつの側面である陰陽師《おんみょうじ》士官学校としての面白さを出していきたいと考えていました。

陽月番《ようげつのつがい》というパートナー制度もその過程で生まれたものですが、満月《みつき》と伊織《いおり》のバディ感や、凸凹感(体格差的にも)、命を預け合うからこその葛藤や願いを描けたのではないか……と思っておりますが、いかがでしたでしょうか。

本作を執筆するなかで、これまでやってきた仕事が役に立ったなと感じたことがありました。

私は小説以外の仕事で、ひとつのシーンに何人もの登場人物が出てくるゲームノベルを書いてきたのですが、誰がどのタイミングで喋《しゃべ》っているのか、キャラクターの書き分け含め一読で分かるようにするのは結構な工夫が必要でした。

そういったスキルは学園ものというたくさんの人間が出てくる小説では必要だと気づき、執筆中何度も助けられました。

今作では最大六人が同じシーンの中で話すシーンがあり、少しでも可読性が上がるよう気を配ったつもりですが……効果が出ていればよいなと願っております。

最後に本書を出版するにあたり伴走してくださった編集者さま、学園ものらしい明るく華やかな装画を描いてくださったNiKromeさま、デザイナーさま、関係各位の皆さま、支え続けてくれる家族たち。

そして応援してくださる読者の皆さまのおかげで、この物語をお届けすることができました。本当にありがとうございました。

満月と伊織の〝秘め恋〟を、少しでも楽しんでいただけたなら幸いです。

またお会いできることを、心より願っております。

二〇二四年、年の瀬がせまる冬の日

お便りはこちらまで

〒一〇二―八一七七
富士見L文庫編集部　気付
久生夕貴（様）宛
ＮｉＫｒｏｍｅ（様）宛

富士見L文庫

青藍《せいらん》の秘《ひ》め恋《こい》
陰陽学園《おんみょうがくえん》の男装令嬢《だんそうれいじょう》、ライバル御曹司《おんぞうし》の番《つがい》になる

久生夕貴《ひさおゆうき》

2025年２月15日　初版発行

発行者　山下直久
発　行　株式会社 KADOKAWA
〒102-8177　東京都千代田区富士見2-13-3
電話　0570-002-301（ナビダイヤル）

印刷所　株式会社暁印刷
製本所　本間製本株式会社
装丁者　西村弘美

定価はカバーに表示してあります。

本書の無断複製（コピー、スキャン、デジタル化等）並びに無断複製物の譲渡および配信は、著作権法上での例外を除き禁じられています。また、本書を代行業者等の第三者に依頼して複製する行為は、たとえ個人や家庭内での利用であっても一切認められておりません。

●お問い合わせ
https://www.kadokawa.co.jp/（「お問い合わせ」へお進みください）
※内容によっては、お答えできない場合があります。
※サポートは日本国内のみとさせていただきます。
※Japanese text only

ISBN 978-4-04-075769-8 C0193
©YUUKI HISAO 2025　Printed in Japan

富士見ノベル大賞
原稿募集!!

魅力的な登場人物が活躍する
エンタテインメント小説を**募集中!**
大人が**胸はずむ小説**を、
ジャンル問わずお待ちしています。

大賞 賞金**100**万円

優秀賞 賞金**30**万円

入選 賞金**10**万円

受賞作は富士見L文庫より刊行予定です。

WEBフォーム・カクヨムにて応募受付中

応募資格はプロ・アマ不問。
募集要項・締切など詳細は
下記特設サイトよりご確認ください。
https://lbunko.kadokawa.co.jp/award/

富士見ノベル大賞 検索

主催　株式会社KADOKAWA